ちくま文庫

風山房風呂焚き唄

山田風太郎

筑摩書房

風山房風呂焚き唄＊目次

I　のんき旅

Ⅱ

食はおそうざいにあり

III　読書ノート

風山房風呂焚き唄

Ⅰ　のんき旅

途中下車無用

この夏、半月ほど北海道と奥羽地方を旅行した。

この旅で、食べもので印象にのこったのは、北海道のサッポロビールと生ウニのうまさだ。

私はウニはきらいだったのだが、はじめて生ウニの味の絶佳なことを知った。札幌で食べた生ウニのにぎりなど、それだけを食べるために、もういちど北海道へゆきたいほどである。それから、長万部《おしやまんべ》の蟹飯は、全国の駅弁のうちでも傑作だろうと思う。また、霧のふかい早朝、すこし冷えてきた車中で、岩見沢駅で買った白い紙製のコップに入った味噌汁——豚肉と馬鈴薯とささがきごぼうのあつい味噌汁もなかなかうまかった。

さて、その帰途である。いきは飛行機でいったのだが、帰りは汽車で、青森をふりだしに、汽車に乗っている時間はせいぜい五、六時間の間隔で、あちこち道草をくいながら帰ってきた。学生時代以来の友人の医者ふたりと同行三人、このうえないのんきな旅である。

朝、十和田を出て、花巻温泉にむかった。

その途中、盛岡にちかづいたころ、ふと「わんこそば」のことを思い出した。むろんいままで食べたことはない。ものの本に、一風変ったそばだとあったのが、ヒョイとあたまをかすめたのである。いま交通公社の「全国うまいもの旅行」をみると、「盛岡へいったら、ぜひたべてみろと誰もがすすめるのはわんこそばだ。云々」とある。

時計をみると、まだ五時ごろで、夏の日のこととて、日はあかあかとしていて暮れるともしない。これで花巻へいったところではやすぎる。

列車の時間表を調べると、二時間ほど途中下車をすれば、また南へ下る汽車がくる。ちょうど小腹のへったころだ。ひとつどんなものか食べてゆかないかと友人をすすめて下車した。

駅前でタクシーを呼んで、まず不来方《こずかた》城の城趾へいった。例の啄木の「不来方のお城の草に寝ころびて空に吸われし十五のこころ」という歌にひかされていったのだが、われわれは十五歳ではなかったから、つまらない顔をして歩きまわったら、すぐにまた町へ出てしまった。

それぞれトランクをぶらさげているので、くたびれる。東京とちがって、タクシーを見つけるのに大いに苦労する。やっと一台つかまえて、

「わんこそば屋を知ってるか」

「知ってます。紺屋町でしょう」

「そこしかないのかね」

「わんこそば屋は一軒だけです」

紺屋町について、ここだと車をとめられた。有名なわりに、東京の場末の中華そば屋のような店がまえだ。奥の方はどうなっているのかわからないが、客の姿は一人もみえない。

「わんこそばを食べさせてもらいたいのだがね」

といったら、十六、七の女の子が出てきて、

「予約してないとだめなんです」

と、ニべもなく断ったので、こちらはあっけにとられた。

「予約ったって、わざわざここへ寄るために一時下車したんだから」

「おきのどくですけど」

「座敷か何か要《い》るのかい」

「そうなんです。それが今夜はもう一杯で」

「ここじゃ食べられないのか」

土間には、ふつうのそば屋並みのテーブルと椅子が五つ六つ置いてある。壁には、これまたふつうのそば屋並みに「ざる」「もりかけ」「親子丼」「ライスカレー」などの紙がぶら下がっている。それから少女歌手松島トモ子嬢がわんこそばを食っている写真がれいれいしくかかげてある。

「ここじゃだめなんです」

三人とも、フン然として店を出た。

ところがさてあと一時間半あまり、駅へゆくには早すぎるし、それかといって何をする時間もない。

「旅は心臓だ」と、心臓の弱いのが三人、勇を鼓して、もういちど哀願してみようと相談一決した。

またガラガラと戸をあけて、

「実は、東京からきたんだがね、何とかその、まげてわんこそばを……」

「だめですね」

またフン然として店をとび出した。夕ぐれの町をトボトボ歩きながら、腹が立つのと、ばかばかしいのと、可笑しいので、一寸ヒサンな大笑いであった。

途方にくれて歩いていると、通りかかった人が事情をきいて、「わんこそば屋ならもう一軒ありますよ」と教えてくれた。

路《みち》をききききそこへいった。

わんこそばとは、先ず一個の大きな椀、葱《ねぎ》と海苔とかつぶしと大根おろしと唐辛子の薬味、それにまぐろやすじこやくるみや鶏肉などが与えられ、傍に女中が仁王立ちになって、かけ声とともにその椀の中に一つまみのそばをほうりこむと、こっちで右の薬味や具をすばやくのせて、のみこむ。間髪を入れず、また一つまみのそばがなげこまれる。これをくりかえして、椀をつみあげるのがミソらしい。

「さ、早く早く、そばは待ってますよ」

「そんなに早く食えやしねえ。味もわからんよ」

「味を味わうんじゃないんです。のみこむんですよ」

「そんなことには馴れんから……」

「男がなんですか。岩手の人は、五十杯や六十杯椀をつまなきゃ、笑いものですよ」

傍から右の意味の東北弁でヤキをいれられつつ、三人とも汗だくだ。十杯ほど食って、ついに悲鳴をあげた。

「もうかんべんしてもらいたい……」

「なんてナサケない……」

なんと笑われても、如何《いかん》ともしがたい。

しかし、こんなものをもったいぶって食わせるわんこそば屋はけしからん。尤《もつと》もどうやら客一組に女中が一人つかなくちゃならんらしいから、ことわったのはそのせいもあるかもしれないが、あのとき下のテーブルで食わせようと思えばできないことはないはずだ。一時下車までしてわざわざ食べにきてくれた客に対して商売冥利ということを知らないか。

岩手の人は、これを百三十杯だか食うそうだ。まるで馬方だ。といいたいくらい、紺屋町のわんこそば屋のおかげで、盛岡への恨みを千載にのこした。

こういうことは、名物案内にちゃんとかいておいてくれなければこまる。

山中の花

外国旅行ならしらず国内の話なら、どこへ行っても「一生二度とここにくることはあるまい」と思うことはまずなかろう。さしあたっては予定もなく、また実際には二度とこないにしても、どこかで漠然と再訪の心を抱いていることが多い。しかし、四国に特別の縁のない僕は、高知から松山へ、四国山脈をこえていったときだけは、この風景は二度とみることはなかろうという感慨をもった。

これはただ高知から松山へゆくという現実的な必要からの道程で、途中、べつに風光絶佳というほどの個所はひとつもない。美しいには美しいが、水の涸れた石ころだらけの川、山かげに人しれずほっかりと咲いている桜、さすがに重量感はあるがなんの奇観もない重畳《ちょうじょう》たる山脈——どこにでもみられる山中の風景だ。しかし僕は、暗雲たれこめ、波は蒼白いひかりをあげている荒涼たる海の次には、そういう平凡な——

広告も電線もない——風景が好きである。いわゆる白砂青松の眺めには、あくびか吐気をもよおす。

大群衆が蟻のごとくにあつまるアルプスや観光地が、自然の中のファッションモデルなら、こういう平凡な寂しくて重量感のある山々は、野に育ち、五人も六人も子を生み、一生黙々とはたらく美しい農婦のようなものであろう。

ところで、高知を出発したのが午後一時である。松山までは百四十キロ、汽車は通じてないからバスで山脈をこえてゆくのだが、むろん内臓逆位症を起しそうな険路悪路だ。はじめこそ右のような感慨を以てながめた風景も、しだいに西日が山頂へ追いあげられてゆくに従ってウンザリしはじめ、やがて山々が蒼茫たる闇に沈んでゆく時刻には、骨までばらばらになるような気がしてきた。

そのあいだ、バスガールは立ちづめである。しかも、終始、愛嬌よくしゃべり、歌い、適当なユーモアで客を笑わせる。それもあきらかにアドリブと思われるユーモアである。職業とはいいながら、かよわい少女で、あっぱれなものだとほとほと感心した。

松山についたのは、実に九時過ぎだった。そのとき、期せずしていっせいに拍手がわきおこったのは、到着のよろこびではなく、実にこのバスガールの健闘に対してであった。客は産婦人科医ばかりだったが、「女ずれ」した連中も、心から感動したのである。

もし僕に勇気があったら、彼女の健闘に対して特別のねぎらいの意を表するために、車内に帽子をまわしたいくらいだった。それをやらないで、下車したあとでもかすかな悔いの心を残させたのは、ただ、こんな場合における日本人特有のはにかみのせいである。

しかし、いまでもこのバスガールの笑顔は、あの人しれず桜を咲かせていた山々とともに、ときどき僕の心によみがえる。

高士の旅

日本産婦人科学会というものがあって、これが地方都市でひらかれたあとで、あつまった産婦人科医ばかり数百人、その地方を観光旅行する。この旅行に僕もたいてい便乗する。

この数百人の産婦人科医の面がまえを見わたして、僕は「人品いやしからずしていやし、だナ」と思ったらふき出したが、とにかく外からみれば、量のみならず質的にも、わりに良好な団体旅行にみえるらしく、ゆくさきざきで市長が出迎えるくらい歓迎される。

高知から松山へ、四国山脈を横断したときなど、バスの前後に高知警察署の白バイがついて護衛したほどだが、僕がこれにまじるのはそんなことにあやかるためではなく、親友の二人が産婦人科医で、しかも職業上、彼らが大旅行のできるのはこんなときでもなければ不可能なので、旧交をあたためるためにこの機会を利用するにすぎない。

感心なことに、東大教授だろうが、去年インターンをすませたばかりの雛《ひな》っ子だろうがぜんぜん同待遇である。もっとも区別しようと思っても、そのあいだに駅弁大学の教授、助教授、院長に開業医——参差錯落《しんしさくらく》として妙な線などひけるものでない。たしか四国の屋島だった。偶然僕は、東大の小林教授御夫妻のちかくをぶらぶらしていた。小林教授は浩宮をこの世で第一番にとりあげた方である。すると、だれかが話しかけていた。

「先生、カメラはもっていらっしゃらなかったんですか」

夫人が苦笑してこたえた。

「それがねえ、フィルムはもってきたんですが、カメラを忘れてしまったんですよ」

カメラをもってきたが、フィルムは忘れたということならあり得るが、フィルムだけもってきたというのは立派である。僕は、美智子妃の御出産にあずかったという教授の閲歴よりも、このときはるかに高雅な風が吹いてくるのをおぼえた。

こんな高士もふくんでいるのに、この医者の団体は、行くさきざきの地方都市にストリップ・ショウなどがあると、「この町は全ストだゾ！」とか何とか眼のいろをかえておしかけるのは、特にこの人々の職業をかんがえると、ふしぎ千万である。

もっともあんまり即物的なのと芸術的？　であるのとは事情が異なってくるとも思われるが、しかし――徳島の料亭で例の阿波踊りなど見物したあとで、名物のニタリ貝というものを見せられた。似ているので「似たり貝」というのか、つらつらながめて、ニタリと笑わずにはいられないのでそう名づけたのかしらないが、この貝を手から手へ奪いあうようにとって、みなニタリニタリと恐悦していたところをみると、べつに芸術は関係しないように思われる。

この団体旅行はたいてい四、五日で終り、あとは僕たち三人だけでほっつき歩く。

九州へいったのは、もう四年ばかり昔のことになる。九州にいったことのない人が、これからゆこうと思うなら、僕の経験ではまず阿蘇を第一にあげる。二番目はやはり長崎だろう。それから僕は、雲仙や霧島や桜島や別府をすてて、それよりも伊ノ浦瀬戸にかかる西海橋を第三にあげたい。橋の下が川でなく海で、環境が雄大なので橋もそれほど感じないが、下におりた人間が豆粒のようにみえるのではじめて橋の大きさがわかる。

第四、第五は、山の中の昔ながらの美しい町、日田市、竹田市、それから南国的な日南海岸か、少々迷う。日南海岸も有名な青島はさほど感心しない。

ちかくの「こどもの国」という公園には、ばかにされたような気持で入ったが、碧い海を背に、巨大なびろう樹やサボテンが果しもなくひろがっていて、この日本ばなれのした幻想的な風景には意外に喜ばされた。

こういうありきたりの観光以外に、僕たち三人の高士はゆくさきざきの町の赤線区域をていねいに訪ねた。名高い長崎の丸山はもちろん、鹿児島、宮崎、別府と——なかで、いまも心に残るのは天草本渡の桜町である。

桜町という名も美しく赤線区域というより古い遊女町の名にふさわしいが、晩春の明るくものうい光のなかに、建物は古くひっそりとならんで、その向うに海がひかり、葉桜の花がときどき散ってくるのに、町に人影はなかった。物音もなかった。

僕たちの旅を、高士の旅というのは風流めかしてそういったのではない。実にそれは売春禁止法がしかれて、日本じゅうの赤線区域が滅亡した直後、つわものどもの夢のあとを訪れてまわった旅だったからだ。

ほかの町のそれならいざしらず、この天草の港の寂しい遊女町だけには、僕はかぎりない心残りをおぼえた。それは郷愁にちかい感情であった。

のんき旅

生来ゆきあたりばッたりの不精な男で、何かをするのに計画をたてたことがない。旅もその通りで、あらかじめ汽車の時間表を調べて出発するなどということは苦手《にがて》である。

もう十年ちかい昔になるが、結婚してまもない女房をつれて箱根にゆくことになり、ぶらりと新宿駅から小田急に乗った。たしか僕は、箱根ゆきは二、三度目で、女房ははじめてではなかったかと思う。ただし僕も、小田急にのって箱根へいったのは、それが最初だ。

「あらあら、ヘンだわね」

と、ふいに女房がいった。

僕は悠然として、雑誌か何かを読んでいた。

「どうした？」

「電車が後戻りをはじめたわ」

「へえ」

顔をあげると、なるほど電車は、今までの進行方向とは反対に走っているようだ。

「いまの駅はどこだったたい？」

「藤沢よ」

「ふーん、妙だな」

と首をひねってみせたのは、実は全然無意味な動作で、ほんとうに、妙だと思ったわけではない。僕はまた雑誌を読みだした。

「ねえ、大丈夫かしら？」

「何が……」

「このまま、箱根へゆけるの」

「行けると思う。とにかく小田急に乗ったんだから、小田原へゆくことはまちがいないさ。小田原は箱根のふもとだからな」

泰然自若としているうちに、電車はとまり、終点でございますと、電車を追い出された。駅の看板をみると江ノ島だった。

「へえ、ここが江ノ島……」

と、女房はあたりを見まわした。名は知っているが、しかし行こうという目的地ではないので、心が落ちつかないらしい。

「江ノ島というと、小田原の向うかしら？　手前なのかしら？」

「さあ、どっちだったたっけ？」

と、こっちも、甚だたよりない。僕の郷里は関西だから、学生時代の帰省をはじめ、なんど東海道線を往来したかわからないのに、そのあたりの知識はあいまい模糊としている。こうなっても、駅で地図を買ってたしかめようという気にもならないのだから、のんきなものだ。

要するに、小田急は小田急だが、その中に江ノ島行きがあるということを知らなかったのである。この日は朝東京を出たのに、箱根についたのは夜になっていて、このとき以来僕は指導者としての権威を女房に喪失した。このゆきあたりばッたり精神で、すこし長い旅に出ると、やはりわれながら少々困ることがいろいろと出来《しゅったい》する。

友人と水郷にいって、泊めてくれる宿がなく、やむなく酒屋で酒を二升買って、河原で一夜飲みあかしかけたことがある。宿から息せき切って、駅にかけ出し、途中、町に火事が起って通行止めになり、へんな路地に入ったら、駅がどの方角かわからなくなって、あやうく汽車にのりおくれかけたことがある。それほど忙がしい思いをすることがある一方、駅で一時間とか一時間半とかボンヤリしていることもある。待つには長すぎるが、どこで何をするという時間でもない。そんなとき駅ちかくに映画館でもあると、映画をみることにしているが、東京ではめったに見ない日本映画を、思いがけない田舎町のうらぶれた映画館でみて、あとになると、その町の印象よりも、そんなとき見たドタバタ喜劇のシーンの方の記憶が強い——などいう経験はいささか喜劇的だ。

しかし、結論からいえば、こんな無計画な旅でも、そう大したまちがいはないようだ。昔から人生は旅にたとえられるが、それが旅行だからこそ大過はないようなもの の、人生だったら大変だという人もあるかもしれない。が、人生だって、計画しようが無計画だろうが、結局大したちがいはないのではあるまいか。もうひとつ人生を旅にたとえれば、僕なども日常いやになるほど忙がしいときがあるかと思うと、ヒマでヒマで一日をもてあましているときがある。これまた旅とおなじく、自分の行動が外部的条件にひきずりまわされているあらわれだろう。

ぶらぶら旅

冬に伊豆の下田にいった。開通したばかりの伊豆急にのって出かけたのである。駅前からすぐにロープウェイが出ているので、それが寝姿山という山だということも知らず、ふと上ってみたら、その絶景にびっくりした。

快晴の日だったせいもあったろうが、碧々ときらめく太平洋に、伊豆七島が点々とかすみ、それほど期待していなかっただけに、思わず嘆声がもれたほどだった。山上に特別の施設があるわけではないが、それだけにかえって清潔だ。何より山道に紙屑ひとつおちていないのが気持がよかった。

僕は、わが国民を「神州不潔の民」と呼んでいる。公園とか公衆便所とか公明選挙とか、およそ公の字のつくところは紙屑と落書と法律違反の修羅場である。こういう場所を清潔に保つという感覚は、先天的に民族性から欠落しているのじゃないかと思っているが、愛すべき豚的民族よ、といって澄ましているわけにもゆかないだろう。これはなみたいていの手術では癒る見込みのない先天的な重病だから、それが癒るまで、まず五十年間ほど、紙屑ひとつに懲役一年、落書ひとつに罰金十万円くらいで訓練しなければどうにもならんのではないかと思うのだが、どんなものでしょう。外国人がこの点立派なことはだれでも知っているが、これとて生まれながらに具《そな》えている美徳ではなく、やはり厳しい社会的訓練によって育てられたものらしい。

といっても、税金取立以外はすこぶるシマリのないいまの政府が、これまたそんな法律をすぐに制定する見込みもないから、さしあたってすぐ出来ることは、少くとも観光地では、その観光によって収入を得ている人々が共同して、数人の清掃人をやとい、たえず徘徊して紙屑を拾わせ、落書も消して歩かせることだ。

僕の記憶でも、高尾山、長瀞《ながとろ》、若草山など、ゴミの山、ゴミの河といっていいありさまであったが、塵もつもれば山とならんうちに、間断なく拾ってあるけば、案外大した仕事にもならないですむように思う。

というのは、この下田の寝姿山で、掃除係のおばあさんが数人たえずあるきまわっているために、右にのべたように山が清潔で、たいへん好感がもてたからだ。

寝姿山には大変感服したのに、期待していた石廊崎《いろうざき》には甚だ失望した。

伊豆の旅というと、この石廊崎を海から撮影したポスターをよく見る。なるほど海からみればこの断崖は絶景だろうが、その断崖の上からみれば、海はおんなじ海にきまっている。それにちょうど休日だったことも悪く、バスや船で、何千人という観光客をどんどん運びこんでくるのだが、運び返す手順がまずく、岬の下の広場にその大群衆がひしめいて、ことごとくイラつき、ことごとく立腹している。

タクシーは何十台かあるのだが、これはその広場から岬へ何百メートルかの坂道を片路百円で上下している方が儲かるので、決して下田へつれ帰ってはくれない。バスにのるまでの数時間、だんだんと鼠色に変ってくる寒い海風に吹きさらしにされて、だれもが、もう二度と石廊崎へくるものか、と腹を立てていた。

だから、何時間も行列したあげく、バスがくると、たちまち列をみだして殺到するという例によって例のごとき光景が展開される。——こういうのは、たいてい団体である。

それにしても、日本人はどうして団体旅行となると、ああ行儀がわるくて、乱暴になるのかな。僕はまえからふしぎに思っていたことがある。日本人は外人にくらべて、からだは小さいし、個人個人となると実におとなしい人間ばかりである。それが日本軍となると、アジア太平洋せましとあばれまわり、後世になると、ジンギスカンなき第二の蒙古軍と形容されるのじゃなかろうかと思わせるほどの悪名をとどろかせたが、いまにして知る、あれは一種の団体旅行であったことを。

その夜はヘトヘトになって、下田に泊り、あくる日は蓮台寺温泉に泊った。下田と蓮台寺はほんの眼と鼻だから、こんどはやることがなくて、蓮台寺をひとまずおいて、その奥の街道をぶらぶらいってみることにした。

バスにのったり、あるいたりして、谷津温泉へ、谷津から峰温泉へ。——美しい冬空に、峰温泉の大噴湯の湯煙が白くあがり、吹きなびいている。或るバスの登着所では、この土地の人らしい女のひとが老人と、

「下田のロープウェイにのったか」

とか、

「あれはお天気のいい日にかぎるそうだ」

とか、そんな意味のことを、伊豆の方言で話していた。まだ出来あがったばかりなので、土地の人々のあいだでも話題になっているらしい。

ぶらぶらと白い街道をあるきながら、旅はこれにかぎると思った。冬の日ざしに、川の枯芦がそよいで、ひかっている。ほんとうなら、今夜蓮台寺に泊る予約をしていなかったらもっといい。——

いったい、僕はいろいろの癖をもっているが、その中のひとつに、「予定恐怖症」という奴がある。ふいに思い立ったことだと、実に気軽に立ちあがるのに、会合にしろ見物にしろ旅行にしろ葬式にしろ、前から予定してあることだと、だんだん気が重くなって、当日に至って、億劫《おっくう》の頂点に達する。――そして、切符やクーポン券など、ついにそのままになってしまうことも稀ではない。

旅行も、ふいに思い立って、ぶらりと出かけられるようになると、どれほどあちこちゆけるかわからない。昔はきっとそういうことができたにちがいない。――いまだって、ウィークデーなら、案外大丈夫なのじゃないかと思うが、御存じのような観光ブームで、いつどこにいっても団体旅行や修学旅行が砂塵をまいてあるいている光景をみると、いって若《も》し宿がなかったらどうしよう、と思い、とくに同伴者などがあると世にも悲惨なことになりかねないので、どうしても一ト月もまえに予約しなけりゃ安心できない。

「ウィークデーなら、いつでもお泊りになれます」そんな保証をしてくれる温泉はないかしらん。

峰温泉から、しだいにせまる山峡の道を、また湯ガ野温泉へ入っていった。晴れてはいても、このあたりになると、さすがに風景はものさびしい。――僕は故郷の但馬を思い出した。

実際、このあたりの風物は、山のすがた、畑のたたずまい、農家の様子など、わびしい但馬の景色そっくりである。みぞれのふる北国の但馬と、この南国の風景が、実によく似ている。

伊豆に若し温泉がなかったら、処置のないところだな、とかんがえた。ただ碧空に黄金色にかがやいている夏蜜柑の有無だけがちがう。僕は学生時代の冬休みからの帰京のとき、雪のふる但馬から汽車にのって、東海道線で夜があけて熱海あたりで眼がさめると、蒼い海を背に、この蜜柑が鈴なりになっているのをみて、これがおなじ日本か、と感じたことを思い出した。

湯ガ野までいって、そこから蓮台寺温泉へひきかえした。

ぶらぶら旅で快く疲れて、予約はしてあっても蓮台寺温泉に泊ってもごきげんであった。

湯ノ小屋

伊香保にとまり、草津にとまり、猿ヶ京にとまって、予約はしてないがもうひと晩、水上か湯檜曾《ゆびそ》でも泊ってゆこうかと思った。

去年の夏、妻と子供をつれた旅だ。湯檜曾には、いまから十年もまえ、妻といった記憶がある。——すると、谷川岳のロープウエイにゆく途中のバスの運転手が、家族づれなら是非とも湯ノ小屋温泉へいってごらんなさいとすすめるので、その気になった。

谷川岳へゆく途中、湯檜曾温泉を通ったが、そこだけは路も舗装され、旅館もふえ、にぎやかになって、当然のことだが、十年前とはずいぶん変ったようだった。十年前は、まだほんとうに鄙《ひな》びた温泉だったような印象があるのだが。

よくなったのか、わるくなったのかわからない。——とにかく、昔の想い出は消えている。それで、感慨があった。

私は妻をつれてよく旅をする。若いうちに、できるだけあちこちと旅行をして、年がよったら、その中でいい想い出の場所だけ、もういちどゆきましょうと妻がいう。しかし、この湯檜曾を見てもわかるように、たいていのところは十年もたつと一変する。その願いはかなえられないだろう。――ふたたび訪れて、幻滅の悲しみにうたれるより、古い記憶のままにしておいた方がよかったと思うことが多いのではないか。

「そして、昔はどうだったこうだったと愚痴ばかりこぼし、若い人に笑われるのじゃないか。老人というものは、あらゆることで、みんなそうじゃあないのかね」

と、私は笑った。

そして、湯檜曾は通りぬけたままにして、湯ノ小屋温泉にゆくことにした。

湯ノ小屋は、水上温泉からずっと奥へ入ったところにある。

雨になった。雨にけぶる山峡をわけて、車はどこまでも入ってゆく。一方は藤原ダムの断崖絶壁で、茫々と雨にかすむダムの景観は凄壮をきわめる。人造湖特有の水から樹の生えている眺めは、一種の妖気がある。

この湖に沿って崖を切る道は、ウネウネと、右へ左へ急カーブして、車のフロントグラスには、ただ空間ばかりみえることが多い。

「この奥の湯ノ小屋というところが、どれほどいいところかしらんが、これじゃ命がちぢんで、二度とくるのは考えものだな」

と、笑っていったものの、たしかにときどき背に冷汗がうかぶほどだ。

しかし、運転手にいわせると、この道で事故の起ったことはまだいちどもないという。そういえば、旅の途中、だいぶあちこちと車がひっくりかえったり、ころがりおちた現場を見たが、ふしぎにそれは舗装された大道路が多かったようだ。

夕、やっと湯ノ小屋についた。宿は三軒あるとかで、私はその中のバスの運転手にすすめられた「洞元荘」という宿に泊った。

宿の手前に橋がある。橋のすぐ下手に大きな滝がどうどうとまっしろなしぶきをあげている。

ぬれるような緑の中に、小ぢんまりと白川の民家風に作られた宿だった。部屋に通されると、窓のすぐそばを、水草をそよがせて美しい川がながれている。——私は非常に気に入った。ずいぶん旅行をする私だが、これはもっとも好感のもてる宿の一つだった。

いったい温泉案内で、「鄙びた」という形容のあるところへゆくと、そこはあまりに野暮ったく、土くさく、ときには汚ならしいものさえあって、よく新聞の旅行案内欄などに抗議のゆくことがあるらしい。それで、いつだったか、或る新聞に、「鄙びた」というのは「汚ない」というのと同義語だと思ってくれという記事がのっていたのを見て、笑ったことがある。

「鄙びた」という言葉は文字通り、田舎じみたということなのだが、古い雅語なので、みな錯覚を起すらしい。意地わるくかんがえると、お雛さまの雛と、頭脳で微妙な融合を起すのではないかと思われるほどである。また一般に案内の方でも、この語感の錯覚を利用しているふしもある。退却を転進と称し、敗戦を終戦と称してすましていたたぐいか。

この湯ノ小屋温泉は、しかしこの「鄙びた」という形容をいい意味でかなえた、珍らしく感じのいい温泉だった。

風呂は男女混浴で、入口は別々で中はおなじ、中に入ってからおたがいに顔と顔を見合わせておどろくというしくみになっているが、しかし岩にかこまれて、湯は清澄をきわめている。

食事もわるくない。山の宿にしては、むしろあかぬけしすぎている。山菜にまじって、ビフテキや、マヨネーズをかけた海老なども出た。

よく旅行記などで、山の宿は、どうしてわらび、ぜんまいなどの山菜ばかり出さないのか。マグロの刺身など言語道断だという説をみる。その通りにはちがいないが、私はこの点宿の方に同情をもっている。

山のものだけで料理を作れといわれたら、実際問題として宿の方でもこまるだろう。鮎、岩魚《いわな》、山女魚《やまめ》など、そう手軽に、いつも年中釣れるわけではあるまいし、それに川魚というやつは、やはり焼くのがいちばんうまい料理法だろうが、焼魚は焼きたてでないと食べられたものではないから、個人の家庭ならともかく、旅館ではそういうわけにもゆくまい。それに、私は山菜ばかりの料理を大結構に思う方だが、一般の客の中には、やはり肉や魚が出ないと不満に思う人も、存外多いのではなかろうか。

その翌日、宿に教えられて、弁当を作ってもらって、ちかくの上の原高原というところへいった、これがまた、実にいいところだった。

遠い山脈に雲母《きらら》のように夏雲がひかり、みわたすかぎり人影もなく、ただはろばろと青草の波がそよぎ、日はあかあかとかがやいているのに、風は涼しくて汗ひとつ出ない。頭の中で描いていた「高原」という言葉が、現実に眼の前へ出現したような、美しい牧歌的な高原だった。

私たちがいったのは、すこしまだ時期が早かったが、七月もなかばになると、この高原に、日光黄菅《きすげ》という山百合が咲きみだれるのだそうだ。山百合は咲いていなかったが、やわらかいぜんまいが、無限といっていいほど風にこぶしをふっていて、妻と子供はそれを採ってよろこんだ。夏鶯がしきりに鳴いていた。

湯ノ小屋にゆく途中はいささかへきえきしたが、しかしあとになってみると、是非とももういちどいってみたいという気を起させる温泉だった。

夏なお寒い湯ノ小屋

旅館は三軒という閑寂境《かんじゃくきょう》。こういうところは得てして土くさく、時には汚ならしいものが多いのですが、旅館も料理もアカヌケしたところがあって、家庭的です。料金も水上などに較《くら》べてやや安いようです。デラックスな観光地、旅館ばかりが能《のう》じゃない。特にご婦人にはよろこばれると思います。

この温泉から山道《やまみち》を一時間ほど上ると上の原高原という高原に出る。高原という言葉を絵にしたような美しい場所で、真夏《まなつ》の太陽の下でも汗ひとつ出ない涼《すず》しさです。山百合が咲《さ》きみだれています。

去年妻と子供をつれてこの高原を歩いていたら、大鎌《がま》をもった浮浪者風の男に逢い、道をきいても答えず、しかも送り狼《おおかみ》のごとくどこまでもあとをついて来るので、ぎょっとしました。あとで聞いたら、近郷の唖男で、道に迷いはせぬかと心配してついて来たものだろうということでしたが、それがわからないものだから、それでなくとも涼しい高原で冷汗三斗でありました。

飛行機で追いかけた忍法超特急

ついに乗りおくれた!

この八月の末、試運転中の夢の超特急ひかりに、推理作家一同を乗せてくれることになった。

ちょうど京都の東映撮影所で、私の原作「くノ一忍法帖」を映画化中で、是非来てくれという話があったので、これに文字通り便乗させてもらう気になった。

案内状には「列車は朝九時半に東京駅新幹線フォームから発車いたしますが、九時に八重洲口の某所にお集り下さい」とある。

私の住む西武線大泉学園から池袋まで電車で二十分、池袋から東京駅まで地下鉄で二十分だが、念のため七時四十分ごろ家を出かけたのだが、ほんの駅までということで女房の運転する車に乗ったのがまちがいのもととなった。私自身は車の運転などいう馬丁《ばてい》車夫に類するわざはやらない。

ふと女房が、「いまはラッシュアワーだから、いっそ池袋までこの車でいったら」といったのに、ついひっかかってその気になったのがとりかえしのつかぬこととなったのである。池袋までのあいだの椎名町から目白にいたる東京屈指のネックにひっかかって、車は進むもひきもならず、池袋についたのが九時十分前という始末になった。電車でゆけば二十分のところを、一時間以上もかかったのである。

「もし夢の超特急におくれたら、その車をぶっこわすからそのつもりでおれ」

と女房にいい、地下鉄で東京駅についたのが九時十分。

息せききって八重洲口の指定の集合場所に馳せつけたが、果せるかな誰もいない。それでは新幹線のフォームとやらへみんないってしまったのであろうと思い、改札口や通りすがりの駅員に、

「新幹線のフォームはどこですか」

ときいたが、どの駅員もだまって首をふる。

この機会に国鉄職員の方に申しあげたいが、乗客係の車掌さんはのぞき、切符の窓口、改札口、その他大半の駅員が、必要事以外口をうごかすのは舌を出すのもイヤと

いう気味があるのはどうかと思う。

べつにデパートガールほど愛嬌をふりまく必要はないが、その無愛想ぶりは非人間的と思われるほどである。私は或る駅の改札口でおばあさんがおどおどしてトイレはどこかときいたのに、改札口に腰かけて足をブラブラさせながら、だまってあごをしゃくった若い駅員を見たことがある。

このいかにも乗せてやる式の横柄さが私鉄に伝染し、はてはタクシーの運転手にまで伝染している。かりにも「乗客」という名があるように「客」を相手とする商売ではないか。こういうことで血の逆流する思いを経験しなかった国民はひとりもなかろう。何とぞ国鉄の人々の御再考をわずらわしたい。——とはいうものの、なおりはせんだろうが。

全日空の気持よさ

かくて、狂気のごとくウロウロしているうちに、とうとう超特急が発車する九時半になってしまった。夢の超特急を追いかける乗物は東海道線にない。万事休す。

あとできくと、待っていた推理作家連は、私の家に電話し、出かけたという留守番の返事をきくと、さては乗りおくれたなと判断し、「いかにも山田さんらしい」と大笑いして出発したそうである。

わがことおわんぬ、ではいよいよ自動車をぶっこわすよりほかはない、と覚悟していったん帰宅しようと思ったが待てしばし、京都の撮影所ではいろいろと都合しているであろうし、ホテルも予約してあるそうだし、と思いなおし、銀座の東映本社にいって相談すると、「いかにも山田さんらしい」と笑い出し、では飛行機でいってくれということになった。

よほど私は汽車に乗り遅れそうな人間に見えるらしい。

ここまでは甚だまがぬけていたが、これからは快調だった。

銀座から羽田までは出来たての高速道路で、以前とはべつの国かと思われるほど快適だった。十一時五十分の全日空にのり、伊丹についたのが午後一時、ただちにこれまた出来たての名神高速道路を走って京都に入った。

翌《あく》る日は、前日の失敗にかんがみ、七時に京都のホテルを飛び出すという周到さであった。帰途だけ、超特急に乗せてもらうためである。これは少々アツモノにこりてナマスをふくきみがあって、早々に新大阪駅についてしまい、超特急の出発する九時半まで、こんどは時間をモテあました。

八月末というのに、駅はもちろん周囲一帯大爆撃でも受けた廃墟のごとく——いや、誕生のための陣痛の修羅場だ。建物は巨大なコンクリートのかたまりにすぎず、あっちこっち鉄骨がむき出しになり――これは、あとで通過した新幹線の各駅すべて同様の景観であったが、はたして十月のオリンピックまでに間にあうのかと心配になるほどだ。

しかし、これで結構ちゃんと間に合わせるにちがいない。こういう軽業《かるわざ》的突貫作業は、日本人の最も得意とするところである。オリンピック開催日には、みごとにどの駅も威容を誇っているに相違ない。

こういうやりかたが利口かどうかは別として、日本人はヤルことはヤルものだと、感服ではなく、私などはまえから呆れぎみである。

それオリンピックだ、という掛声がかかったとたん、あのおびただしい競技場、東京都内の高速道路、地下の大銀座駅、羽田へのモノレール、壮大なホテル群、名神高速道路、そしてこの新幹線と、まるで魔術みたいに作り出してしまった。オリンピック用ということもあるが、それだけでなく、二十年前の大敗戦にもかかわらず、日本人のダイナミックな心性は全然失われず、さすがに外への進出を封じられているものだから、力あまって狂気のごとく国内で震動現象を起こしているのであって、これがこの勢いで一応片づくとまた大爆発を起こしゃしないかと、われながら新しい不安をおぼえるほどである。

気になる「ひかり」という名

新幹線そのものはきわめて気に入った。

広軌だから車内はユッタリしているし、例の二百キロという列車として世界最高のスピードはすばらしい。ときどき耳がツーンとすることもあるが、それもこのスピードのためだと思えば、これくらいのことは何でもない。コースが山際に寄っているから、風景が以前のコースよりややおちるのではないかという評判もあったが、私はそれほどにも思わなかった。どこを通っても、日本は自然の風景だけはそれなりに美しい国である。

なお重箱の隅をほじくるようなことをいえばキリのない話で、日本じゅうを走っているほかの列車のすべてが満足できる状態にあるわけでなし、それどころか坐らせてもらえればありがたいと思えといわんばかりのありさまだから、この新幹線にケチをつけたらバチがあたるだろう。

ただひとつ、私が首をかしげたいのはこの新幹線の列車名を「ひかり」と命名したことで、前の特急が「こだま」だから、音より早いという意味でそう名づけたのだろうが、これはあんまり理に合いすぎて面白味がない。「こだま」という名には、単に音波現象でないロマンチックな雅味があるが、「ひかり」はあんまりリアリスチックで、通俗すぎる。近代科学の粋であるだけに、かえって花でも鳥でもいいから、優にやさしい名をつけてほしかった。

とにかくひかりは、ときどき二百十キロ、ときには二百二十キロのスピードをすら出したようだ。ただしこれはまだ試運転中なので、結果としてはその日大阪から東京まで六時間かかったが、これが店びらき以後、全線二百キロで疾駆したら、さだめし壮絶であろう。

昭和二年、幸田露伴のかいた「華厳滝」という紀行文に、このとき午後二時五分に上野発日光行の列車にのった露伴は、華厳滝について、

「時計を見ると七時五分であった。そこで東京上野からまさしく僅々五時間で八景の一たる景勝が連接されていると思うと、莞爾として満足欣快のわきあがるのを覚えた。五時間である。わずかに五時間である。昭和の御代《みよ》がもたらしている文明が、いまのわれらを祝福していると誰も感ぜずにはいられまい」

と、大感動をしている。

上野から日光まで一四六キロ、これを「ひかり」で走れば四十数分、露伴の汽車に

くらべて約九倍の速度である。

どうもわれわれは、何が出てもおどろかない習性になってしまったが、しかしこの東京大阪三時間という超特急の出現は、現在の時点に於ては、素直に、明治の露伴の九倍分は感動してもいいことのように思う。

木曾路

広重に「木曾海道六拾九次」があるように、昔は中仙道そのものを木曾街道ともいったようだが、まあ常識的には、北の贄川《にえかわ》から南の馬籠《まごめ》にいたるいわゆる木曾十一宿のあたりを木曾路というべきだろう。

東京ではとっくに桜は散り、柿の若葉も青ずんだ五月なかばというのに、木曾路はまだ桜が満開だった。桜どころか、桃や梨の花が咲いて、ところによってはそれ以前のまだ早春といっていい風景もあった。もっともことしは、木曾でも二十日ばかり春が遅れているという。

「木曾路はすべて山の中である」ことは承知しているものの、それでも東海道に次ぐ重要道路であった中仙道が通っているのだからと思っていたが、想像以上に狭い山峡の街道だった。場所によっては、山と山とのあいだには、まだ細い上流の木曾川と道とそして鉄道だけといっていいところもある。いまそこを少しでもひろげ、かつ舗装すべく、いたるところで工事が行われている。

しかし、まだ大半は、車がゆきかうたびにもうもうと黄塵《こうじん》をひき、雨が降ると泥にかわるとみえて、街道すじの家々は、壁から屋根まで真白に染まっている。たいへんきのどくだが、木曾路はこうこなくちゃ木曾路らしくないという気もどこかでする。

木曾踊りの免許皆伝

風物うらさびれた木曾路の中の中心都市は二つある。

一つは木曾福島だ。これは官庁関係が多く、まあ政治の方の中心である。

木曾義仲や、徳川時代ここにあった関所を支配していた山村甚兵衛代々の墓などがある興善寺に詣《もう》でる。墓地を抱く裏山のうす暗いしげみの中で鶯《うぐいす》が鳴いていた。

この裏山につながる城山《じょうやま》で、夏、義仲供養《くよう》の松明《たいまつ》祭が行われる。夜、子供たちが、法螺貝《ほらがい》を山峡にこだまさせながら、松明をつらねて山腹を下ってゆくのが町から見え、一種凄涼の感を起す壮観だという。

寺を下りてくると、だれかが夕の鐘をついていた。すると境内の時雨《しぐれ》桜と名づけられた桜がハラハラと散って来て、何となく可笑《おか》しくなった。

町のまんなかをながれる木曾川では、その場所で子供でも鮎が釣れるという。車の運転手が、あしたの休みには木曾駒のロッジに仲間とマージャンをやりにいくといっていた。この木曾駒は山のことだが、木曾はいわゆる木曾馬の産地だけあって、やはり牧歌的な山国の町らしい。ついでだが、純粋の木曾馬はいま一頭残っているだけだという。それじゃあもう種が絶滅することになるわけだが、ほんとうかな。

宿の膳に、木曾名物の蜂の子やつぐみやタラの芽やわらびなどが出る。木曾節の町の名人においでを願い、歌と踊りをならう。

例の「木曾のおんたけさん」だが、あらゆる民謡がそうであるかのごとく、地元のものと人口に膾炙《かいしや》されているものとはだいぶ調子がちがう。正調のものはオクターブがたかく、いわゆる音吐朗々としている。レコードが浅酌《せんしやく》低唱用なのに、これはたいてい群衆の踊りを伴うからであろう。

ただこの木曾節は楽器を全然必要としないのが珍しい。夏、町じゅうがほとんど夜を徹して踊るのだが、それに専門の音頭取りというものがいないというのも珍しい。節回しの上手な人、りんりんと声に張りのある人が次から次へとバトンを奪って、それが夜の山とせせらぎにこだまし、波のごとく寄せては返し、人々はそれに酔ったようになって踊るのだという。

木曾踊保存会の司《つかさ》というものがあって、ここから免許皆伝を受けた人は、いままでに八千何百人かにのぼるということで、同行のN記者やHカメラマンも手とり足とりして教授される。僕は踊りの手順が四段階くらいあるともう手足がこんがらがる方で、世の中で舞踊家がいちばん頭がいいのではないかと思っている人間だから、蜂の子をたべたべ酒をのんで見物にまわる。

ところが翌朝になったら、木曾踊りの免許皆伝第八千二百五十八号の印可状が僕にも下賜されていて、一朝目覚めれば木曾踊りの名取となっていたので一驚した。

トランジスタ的名勝

木曾谷のもう一つの中心都市は上松《あげまつ》である。これは商業方面の中心である。商業方面というのはつまり木材関係で、ひろい木工団地というものが作られている。そういえば、木曾路をゆきかうトラックはことごとく木材をつんでいる。

その昔このあたりは尾張徳川家の留山《とめやま》として、木一本首一つというタブーで林政をしいたそうだ。その結果としていまもいわゆる木曾五木の大美林が残っている。人間の世界ではこういうことがあり得るから厄介である。

しかしやはりここも御多分にもれず、ちかごろ若い人々の流出をとどめ得ず、ことし木曾谷の中学を出た少年で木曾谷で就職した者はたった六十一人だけで、あとはみな都会へ出ていったそうだ。それで木曾漆器の伝統をつぐものの希望もなく、また植林してても育てる者がいないという嘆きがあるそうである。

人口の都会集中は時代の趨勢《すうせい》にはちがいないが、それにしてもこのごろの日本の様相は少々異常に過ぎるようだ。異常なことには、いつかかならずあまりたちのよくない反動が起ると予言しておいてよろしい。

福島と上松のあいだに「木曾のかけはし」がある。

そのむかし、芭蕉が「桟《かけはし》やいのちをからむ蔦《つた》かづら」と詠んだ難所のあとが石垣となって残っているが、いまそこを通る国道十九号線を拡張中で、これを拡張すればその石垣がかくれてしまう。そこでその部分は、だいぶめんどうな工事をして橋とするそうだ。

古都を救え、古墳を残せ、という金切声に、天性文化人でない僕などは、ときどき、消えて惜しいようなものが日本にそれほどあるか。外人の観光客は、日本人ぜんぶがチョンマゲをつけていたらさぞよろこぶだろうが、奈良をそのままにおけ、京都をそのままにおけという論には、奈良京都にいま住んでいる人間にそれと同じことを要求しているのにちかい心理がありはしないか。それほど古いものが大事なら、じぶんがトロの遺跡みたいなところに住んでジョウモン土器で飯をくって暮すがいい。ダムを作ろうが高速道路を作ろうが、日本の風物は永遠に日本的である。たとえ古い風景が消えようと――それが消えたら日本人が日本人でなくなるというのか。そんなことはない、悲しいかな、日本人は永遠に日本人である。――といいたくなることがときにある。

木曾のかけはしの名残りを伝えるための苦労は、少々取越し苦労をひっくりかえしたような気がしないでもないが、しかしまあ感心なことだ。右のような意見をもつ一方で、やはり僕は無責任な旅びとだから、木曾は昔ながらの木曾であって欲しいと思っているのである。

「……四歳のとき私は故郷の諏訪から父に背負われて木曾の旅をした。藪原の宿で行灯のそばに坐って物哀しいきもちで夕飯をとったことをおぼろげに記憶している。そのとき鳥居峠の茶屋で売っていた瓢箪を欲しがって、泣いて父を困らせてついに買ってもらった。遠い昔の木曾の宿の薄暗い行灯の灯が、いまでも私の魂に刻まれている。……」

これは「木曾福島関所」という昭和九年にかかれた書物の序文の一節だが、できればいつまでも木曾はこうであればいいくらいにかんがえるのだから、人間とは勝手なものである。

ついでに「ねざめの床」を見物する。白い巨岩のあいだを、蒼い川がながれている。水の波紋がゆらゆらと岩の壁にうつっている。アルプスなどに登ったことのない江戸時代の旅人はこういうトランジスタ的「名勝」を嘆賞したのであろう。

この「ねざめの床」でも感じたことだが——いや、木曾だけではなく信州を旅行していつも感じ入ることだが、信州では名勝の案内とか道標とかが、実にすみずみまでよく注意がゆきとどいている感じがする。ずいぶんズボラな地方も多いのに、信州では、ヒョイと鼻紙を捨てようとすると「ここに紙を捨てないで下さい」と立札が立っている。ちょっと煙草を吸おうとすると、「ここでは煙草を吸わないで下さい」と立札が立っている——といった案配である。

白雪をかぶった御嶽

しかし、さすがに現代の木曾の人々は、こういう箱庭的風景だけでは観光客を呼ぶ力のないことを知っている。

「木曾で自慢できるものは何でしょう」

と問いかけると、異口同音に答える。

「おんたけと藤村《とうそん》です」

その御嶽をめぐって、いくつかの高原がある。地元としてはとくにその中の「開田《かいだ》高原」を売出したいらしい。事実雄大で美しい高原らしいが、時間と交通の関係で「御嶽高原」を見ることにする。

木曾福島から車で御嶽に向う。牧尾ダムの湖の向うを、可愛らしい森林鉄道が走っている。伐り出した材木を運ぶためのものだが、この奥に働く営林署関係の人々の子弟を学校に運ぶ子供用の電車も走っている。電車の掃除も子供たちの仕事だそうだ。遊園地でなく、漫々たる湖のほとりや深い森の中を走る子供電車は、ちょっとした童話的風物詩である。

木曾福島から約一時間、王滝《おうたき》村から道はつづら折りに上る。道は舗装はしてないが、なかなかいい道である。車が上ってゆくにつれて、山桜がフロントグラスに吹きつける。両側のカラ松の林の中にはまだ白い残雪がある。

いたるところに御嶽信仰の「霊神碑」のむれが立っている。一見お墓そっくりで、第三者にはこのドライブに妖異なぶきみな印象をそえる。途中数人の白衣姿の信者に出逢う。やがて、起伏する山々のあちこちから、春の大空に山焼の煙が立ちのぼり、吹きなびいているのが見えて来た。

御嶽高原で車からおりて観望した。

ゆくてに白雪をかぶった御嶽がそびえている。そのふもとには巨大な土饅頭のようなまるい丘がいくつも起伏している。ことしは春が遅れているので花も遅れるだろうが、例年なら六月に入るとこのあたりすずらんの波に覆われ、その花の香に酔うほどになるという。しかしいまは山焼のあとが黒くむしろ荒涼として、その中に赤い牧舎の色だけが美しい。羊を飼っていて、この上の八海山の宿ではジンギスカン料理が名物だそうだ。山焼を受けない山の地肌はまだ黄褐色の樹々や草に覆われていて、その中にカラ松の林ばかりがぽっと緑色にけぶっている。ところどころ岳樺《だけかんば》の林も見えるが、カラ松が白樺にまさるとも劣らない美しいものであることを胆《きも》に銘じた。それらすべての上を、大きな雲の影がしずかに這う。

ふりかえると、下界の木曾谷を越えて、その彼方に雪をかぶった中央アルプスが藍色にかすんで見える。日はむなしいばかりに明るく照っているのに、やや冷たい風がひょうと大空でうなる。ここの景観はなかなか壮大である。

さて木曾の人々のもう一つの誇り、島崎藤村の生誕の地、馬籠村へむかう。

三留野《みどの》から馬籠にゆくには、国道十九号線をそれてわき道に入る。これが昔ながらの中仙道である。ウネウネとした山中の道だ。それだけに山色あくまで濃く、木曾路の典型はここにこそ純粋に残っていると思わせる。

しかし、この道は車でいっては意味がない。二本の足で歩いていってこそ、はじめて木曾路のだいご味が味わえる――とはいうものの、歩けば車にふんぞりかえってゆく奴の砂塵をまともに浴びることになる。何でも人生にこじつける論法はきらいだが、しかしどうも人生の道にもこれに似たことがあるようだ。

藤村記念堂に大行列

馬籠は美しい村だった。小学読本「山国の春」といいたくなるくらい、うらぶれた、さびしい、美しい春につつまれていた。だんだん畑にげんげ（れんげ）の花が咲いていた。急な坂道に沿うた村で、「藤村記念堂」はその坂の中腹にある。坂の上に立っておどろいた。下から記念堂まで、蟻のごとく人々のむれが続いている。ちょうど観光バスか何か到着したところで、いつもこうではないかもしれないが、とにかく、うらぶれたさびしい村にたいへんな盛観である。

藤村記念堂は立派なものである。中に藤村に関するあらゆる資料が陳列してある。それといい、この見物人の大行列といい、これほどこんなかたちの死後の待遇を受けている作家がほかにあるだろうか。漱石、鷗外といえどもこんなことはあるまい。記念堂の前にも傍にも土産物屋がある。あらゆる土産物、細工物に藤村の文字や詩や文章がかかれ、刻まれている。藤村の小説を一度も読んだことのない人でも、藤村を生活のたねにして生きていることがあるだろう。「私のようなものでも、どうにかして生きたい」と願った人の功徳《くどく》はかくのごとくあらたかである。

この馬籠村だけではない。「木曾路はすべて山の中である」という「夜明け前」冒頭の一節が、山の中の木曾路にあふれている。

小説家たるもの、「国境の長いトンネルを抜けると雪国であった」とか、「大菩薩峠は江戸を西に距《さ》る三十里」とか、こういうたぐいの地理的名句を残すにかぎる。小説は残らなくても、この名句だけは残る。――

と、藤村記念堂の庭の木蓮の花の下で、そこの茶屋で売っている名物の五平餅をパクつきながらかんがえた。もっともそのまえに一応文豪になっておく必要がありますがね。

馬籠村から中津川へ下る峠の上に、「是より北、木曾路」とかいた碑が立っていた。つまり、木曾路はここで終りである。よく見たら、これも藤村の筆であった。まことに「木曾路はすべて藤村である」。

北海道二度の旅

北海道へは二度しかいったことがない。昭和三十二年の夏と昭和四十六年の夏とである。ただし、どちらも半月近い旅であった。

さてその二回の北海道旅行の印象であるが、どっちが愉しかったかといわれると、はじめてということもあって、いささか言いづらいけれど、最初の方に軍配をあげる。

その旅から帰ってしばらくの間、人から「日本国内で旅行するならどこがいいか」ときかれると、判で押したように、

「金とひまが幾らでもあるなら別だが、そうでない限りは京都と北海道。あとは日本じゅうどこへいっても同じようなものだよ」

と、答えたものだ。

何しろ、それが北海道のみならず、僕が飛行機に乗ったのもはじめての旅行であっ

た。わずか十五年前のことで、今から思うと信じられないようだが、とにかくその昭和三十二年に出てベストセラーになった松本清張氏の「点と線」が、飛行機の使用を盲点とした推理小説だから、飛行機の旅も一般にはまだ珍らしかったのだ。

むろんプロペラ機で、羽田から千歳まで三時間以上はかかったろう。すべての風物が珍しく、例えば美幌峠から美幌町へ大平原をつらぬく目路《めじ》のかぎりの一直線の道路なども、生まれてはじめての風景であった。札幌の町も、景観は東京と同じ近代的都市なのに、或るいは例の大通公園の花壇など、東京よりもエレガントなのに、人通りがばかに少なく見え――のちに知ったことだが、これは外国の都市と同じである――その点も甚だ好ましかった。

いまから考えると、これまた信じられないような話だが、生ウニの味を知ったのも、そのときが最初であった。僕は瓶詰《びんづめ》の練りウニの味がきらいで、ウニと聞いただけで手を出したことがなかったのだが、定山渓の夕食に出されたものがあまりウマいので、「こりゃ何だい」と聞いて、はじめてそれが生ウニであることを知ったのである。そのときは第九回日本産婦人科学会が札幌で開かれて、それに混じって北海道中を団体旅行したのだが、長万部《おしやまんべ》のカニ弁当にも大感心し、帰ってからも長万部の駅弁は日本一だとみなに吹聴したものだ（果たせるかな、いまでも東京のデパートでよく全国の駅弁が売り出されるが、この蟹弁当がいつも最高の人気を占めるらしい）。また網走からの旅行列車の夜明け方、霧の真っ白な岩見沢駅で買った紙製のコップに入れた熱い味噌汁もウマかった。内容は豚とじゃがいもとごぼうのささがきで、この配合が気にいって、いまでもときどきこの味噌汁を作らせるほどである。

面白いことがあった。そのときの旅行の友人の一人、つまり医者だが、それが以前使っていた看護婦がいま旭川に住んでいて、旧主人が旭川を通過すると知って、深夜駅に土産などを持って出迎えていたらしい。ところが臨時列車だったことを知らなかったので、思いちがいをして帰ってしまった。そのことを知った旭川駅では、われわれの臨時列車が到着すると、その看護婦の家に電話をかけ、ふたたび駈けつけて来るまで、汽車の発車を待っていてくれたのである。まあ深夜の臨時列車だから出来たことだろうが、それにしてもいかにも北海道らしいと、みな暖かい微笑を浮かべたものである。

さて、十五年目にふたたび北海道を旅しての感想だが——。

正直にいって、失望の念の方が深かった。最初の鮮烈な感激が再現出来ないということもあるだろう。その後何度かヨーロッパへいって、北海道のエキゾチシズムなど特別に感じることが出来なくなったということもあるだろう。それから例のカニ族の氾濫にへき易し、夏、北海道に家族旅行などするものではないと痛感したけれど――しかしあの連中はこちらの十五年前の感激を同じように味わっているのかも知れない。

　こちらが変わったので、北海道は同じなのかも知れないが、世の中が進歩したことも事実だから、観光の点でも受入れ側の方も進歩しなくてはいけない。ただしこれは北海道に限ったことでなく、日本じゅうどこでも同様の話で、ただ最近の長い旅行をしたのが北海道だから、ここで述べるに過ぎないが、宿屋でも土産物屋でも妙にガツガツして、ガサガサして、そのくせみんなくたびれ果てている感じである。

　その最もいい例が、宿屋の中年の女中さんで、こっちが、

「カニ族がたくさんで、大変だね」

と、お愛想をいっても、ぶすっと黙っていて返事もしないのが多い。愛嬌をふりまく元気も失っているのである。

　考えて見ると食事どきに女性に大量の膳を運ばせる日本式旅館のしくみは実に大変な重労働で、女性上位の現代では、見ているだけで感覚的に愉快でない。これを改めるには、もう全部食堂式にするよりほかはないと思われる。ホテル式に食事は全然別というのは困るだろうが、少なくとも食堂式にして予算内で好きなものを選んで食べさせてもらう方が、客としてもありがたい。北海道の蟹もウマいけれど、どこへいっ

ても蟹ばかりというのも閉口する。

右の話は何も北海道に限ったことではないが、特に北海道に対する期待としては——これから家を新築するとき、道庁の方で防寒の名目で補助金でも出して、北海道独特のムードのある家に全部変えていったらどうだろう。それは大変だといわれるかも知れないが、気を長く、五十年計画くらいのつもりでいいのだ。

とにかく寒い土地なのに、民家の作りは内地と同じで、網走近傍の町も埼玉県あたりの田舎町と何の変わりもない——寒い土地だけに、いっそう寒々と見えるという光景は、実用はもちろん観光的にも損だと思う。あれが北欧の町や村と同じような景観となったら、どれだけ北海道が魅力的になるだろうと思う。その点、藻岩山から見下ろした札幌の町の赤い屋根屋根は独特の美しさだが、屋根の色一つであれだけの効果があるのである。

結局、二度目の旅行の収穫は、一度目のとき霧で見えなかった摩周湖の凄絶きわまる美しさを、こんどは晴れていて心ゆくまで鑑賞出来たということであった。「昔の方がよかった」という話になったのは、こちらの老化現象の一つかも知れない。

駅弁と宿屋

よくわからないことがある。それは、あれほど好きだった駅弁と宿屋が、ここ数年来あまり好きでなくなったことだが、なぜそうなったのか、あるいはそれは私だけのことなのかどうかが、よくわからない。

昔は旅行に出かけると、よく駅弁を土産に持って帰ったものだ。食うのはそれを持って帰った私自身である。それが、いつのころからか、駅弁は汽車の中で食べるからこそ美味《うま》いのだ、という真理を発見し、さらにそのうち、汽車の中で食べても、なんだこの魚のフライは、ということになって来て、とうとう駅弁を買うことをやめてしまった。

で、何年かやめていて、この春、山形県の方へ旅行するとき、ふと上野駅の売店で、それでも一番高いのを買って食べて見たが、依然として感心しない。いや、いよいよ悪くなっている。

しかし、げんに買う人があるから売っているのだし、それどころか、よくデパートで全国駅弁大会をやるが、結構ファンが少くないらしい。げんに私も、もう十年も前になるがデパートから数十種の駅弁をいっぺんに買って来て、あとで持て余したことがある。

そこで考えたのは、「それはこっちがぜいたくになったのだ」ということであった。昭和初年、私が田舎で育ったころは、あんな魚のフライや肉の切れっぱしやカマボコや卵焼きなどがチマチマ入った弁当が、珍らしい御馳走であったのだ。それも、当時だれにしても今ほど気軽にやれなかった、それだけにいっそう愉しい旅行の想い出が加味されて、いよいよ美味く感じられたのだ。しかし、そんな想い出も駅弁も、さすがにもう遠い過去へとり残され、世の中は進み、自分もはるかにぜいたくになってしまったのだ。……

責任は、かかって自分にある、といったら、

「しかし」

と、客が首をかしげた。

「駅弁がまずくなった、というのも事実じゃないでしょうかねえ」

そういう人々が多い。そして、いう。

「特に、何とか食堂製のものがいけない。その証拠にデパートの駅弁大会が盛況だといっても、よく売れるのは北海道のカニ弁当とか富山のマスずしとか横川の釜飯弁当とかいう地方製のもので、何とか食堂製の弁当を買う人なんて聞いたことがない」

そういえば、そうだ。私にしても上野駅のものにも感心しなかったが、以前東京駅で買ったものも、これは東京駅の恥辱だとさえ感じたことを覚えている。いずれも何とか食堂製のものであった。

値段が安いということは理由にならない。安くてもうまいものは作れるはずだし、げんに名物弁当は安くてもうまい。もしその値段でうまい弁当を作れる自信がなかったら、食い物製造業者の良心にかけて、堂々と値上げを要求したらよかろう。とにかくこういう声が世に少くないことを、素直に聞いてもらいたい。だいいち、作っている食堂の社長が毎日食って見れば一口瞭然のはずである。

「天下のまずいもの、何とか座の食堂と、何とかホテルの中華料理店と何とか食堂の駅弁」

あまりマスコミには出ないけれど、こういう話は口コミですぐに伝わる。食い物の恨みは怖ろしい。

昔のなつかしさが索然として来たのは、日本古来の宿屋の食事である。日本古来の、などいうのは、女中さんがいちいち座敷に膳を運んで来るあのやりかたである。みなさん、あれをどう思われますか。

あれをやってくれるからお客さま然とした気分になれるので、いちいち食堂にゆくのでは宿屋に泊った甲斐がない、という人も少くなかろう。実は私も、あるところまではそう考えていた。

いちいち食堂にゆく、というのは、日本風の宿屋でも、ところどころそれ式の旅館がふえて来たからだ。それは人手不足のためである。

しかし、人手不足による過労から来る女中などのつっけんどんは、私にそんな未練を捨てさせた。

「いちいちお膳を運んで来るのは大変だね」

と、こちらがお愛想をいっても、

「そうですか」

と、とりつくシマもない始末である。

これなら、いっそ食堂にいって、愛嬌よく応待してもらった方がいい。

そこでよくよく考えて見ると、いったい宿屋の日本式食事——すべて献立はあちらまかせ——というやりかたに疑問が生じて来た。きらいな魚もあるし、どうも鶏など食いたくない日もある。げんに私は宿の食事の三分の一は手もつけないことが多いようだ。

一週間、京都の或る有名な宿屋に泊って、その間朝晩の献立が全然同じなのに閉口したことがあるし、半月北海道を回って、ぶっ通しに蟹を出されて降参したことがある。蟹は決してきらいではないけれど、それも三日も続くともうたくさんだ。

伊豆の天城の或る温泉に泊ったときだが、朝食に魚の干物が出た。それが鱗のひかったままである。どうしたんだと聞いたら、女中は得意そうに、かつ軽蔑的に、

「それは電子レンジというもので焼いてありますから大丈夫です」

と、いった。

電子レンジなら、うちにだってある。とにかくナマ魚みたいに見える干物はいけない。もういちど火で焼いて来てくれ、と命じた。

そして、一方の茶碗むしをとると、作ってから時間がたったと見えて、この方は冷たい。——宿屋だから、一組ずつの客に作りたてを持って来るわけにはゆかないだろう。こういうものにこそ電子レンジを使うべきで、その使い方をまちがえている。

こういうわけで、出された料理に手もつけずに捨てるというのはこっちも損だし、

料理人も不本意だろう。だいいちオテントウさまに申しわけがないし、同じ発想からすると、あの手もつけない料理はどうするのだろう、と、あらぬ疑いを抱くことにもなる。

それくらいなら——ほんとうをいうとホテル式に食事は一切別というのが一番いいので、それがあるところなら私はホテルに泊ることにしているが——日本風旅館で、そういうわけにゆかないなら、そこの旅館内の食堂にいって、そこのメニューの中から、値段に合い、自分の味覚に合ったものを選んで食べた方が、経済的でもあるし、うまくもある。

食堂といっても、大衆食堂みたいなものは困るけれど、そこは、あるいは豪奢に、あるいは典雅に、料理に合わせて何クラスかに分けて設ければいいのである。

とにかく、妙な宿屋で妙なものを食わされるより、自分の家で、自分の好きなものを食っているのが一番ありがたい——と、このごろ私は考えるようになったけれど、世の中のだれもがそんな風に考えるようになったら、宿屋にとって一大事だろう。旅館の主人というのはヒマで道楽者が多いという話をよく聞くが、はたから考えても、とてもそうのんきに遊んではいられないはずだと思う。

それからもう一つ、話はちがうが、日本の宿屋の「政府登録・国際観光旅館」という金文字の看板、あれはふと眼をとめてつくづく眺めていると、非常に可笑しいのだが、みなさん、滑稽は感じませんかね。

南紀の旅

私は兵庫県の生まれだが山陰で、少年のころから雨と霧と雪ばかりにつつまれた土地のような気がしていた。今ではその雪や雨に郷愁を感じるけれど、そのころはひどく南紀にあこがれた。そこは碧い海と蒼い空の中に、いつも蜜柑がみのっている土地のように思われた。

しかし、若いころ東京に出てしまったので、はじめて南紀の旅をしたのは四十くらいになってからだった。まだ小さかった子供たちをつれて、お正月に家族旅行をしたのである。もう十年ばかり前のことだ。

熊野あたりをテクテク歩いたのだが、寂しい村々に国旗がはためき、晴着を着せられた子供たちが村のおもちゃ屋にむらがっているばかりで、東京からいった眼にはほとんど無人と見えるほどで、ただ日光だけが白く明るく満ちていたけれど、今でもその閑静さがあるだろうか。南紀の空は冬でもたしかに蒼く、山々には蜜柑がなっていた。

鳥羽から、賢島へいった。枯芦や枯すすきの中の途中の村々は、生まれる以前に見たようななつかしい景色に思われた。賢島についたとき、もう元日の日は暮れていた。船に乗ってゆくと、西空に赤い残光が漂っているだけで、周囲の陸地は黒々と静まりかえって一点の灯影もなかった。湖のような海の暗い水あかりを見ていると、はじめて来た土地なのに郷愁にちかい想いにとらえられた。

その夜は、和具に泊った。宿は床の間に達磨の懸軸、大黒さまの置物、何枚かの座蒲団はみんなちがうといった鄙びた宿だったが、食事は白浜や勝浦のデラックスな旅館などを瞠若《どうじやく》たらしめる豪華版であった。膳は一人一人の古式にならい、刺身、鯛の焼魚、カキのフライ、ナマコ、タコ、サザエ、その他何種類かの中に、生作《いけづく》りの伊勢エビが、身は刺身になっているのにまだ長いひげや足を動かしていたのを思い出す。

南紀は少年時代の夢を裏切らなかったが、今でもそのよさを残しているだろうか。

ヨーロッパの商店街

この夏ヨーロッパをぶらついて来た。

圧倒されたのは、ヨーロッパの町と自然の美しさである。日本が美しい国だなんて、どこのどいつがいったのだ？　といいたくなるくらいである。

これが町というものだ、人間の作った町というものだ、と痛感せざるを得なかった。パリと銀座は——パリにかぎらずどんな地方都市だって——銀座と千葉の商店街くらいのちがいがある、といったら怒られるかもしれない。まったくのところ、〇〇県何とか郡何とか町の商店街くらいの差があるといっても、決して誇張ではない。帰って来て、銀座をみて「——こりゃなんだ？」とじぶんの眼を疑ったほどである。

それについて感じたことは無限にあるが、その二つ三つ。

外国の商店街が壮麗なのは、それが石造りでかつ町全体として統一されているというほかに、すべての店が前面すべてショウ・ウインドウとなっているせいもあると思う。銀座のミキモトパール、あれ式である。つまり客は店の中央のガラス戸を押して店内に入るわけだ。だから舗道から見ると、両側はショウ・ウインドウの展覧会みたいなものである。

そして街路樹がことごとく鬱蒼として、堂々としている。プラタナスの並木でも一抱えも二抱えもあって、人間の腕くらいの日本の街路樹にくらべると、これがプラタナスかと眼をこすったくらいである。

ヨーロッパの夏は涼しい。日盛りの町を歩いていても汗もかかないほどである。それなのにバカンスとかいってみな南へ南へと出かけてゆくのは、夏の間に存分に日光を吸うためだそうだ。それくらい日光の乏しい土地にこのすばらしい大樹の並木はどうしたことだ。いや、それよりも、日光と雨だけはいやになるほど豊富な日本の街路樹の哀れさの方が奇怪千万である。排気ガス云々なんていうのはうそっぱちだ。外国だって車の大群は走っている。

何かといえば日本は貧乏だからというのが口実だったが、街路樹くらい貧乏だって立派に出来るだろう。結局、やる気がないのである。政治家や役人もいいかげんだが、日本人そのものに美しい町を作るという意志と能力が先天的に欠落しているのではないかと思わざるを得ない。

その商店街は、たいていどこの国でも飲食店はのぞいて、正午から三時ごろまで、午後六時からはお休みである。その間、みな家族で団欒《だんらん》している。六時すぎに店にいっても、「明日またどうぞ」というわけだ。

日本からいった人間には買物が不便だが、向うの人は例のショウ・ウインドウをのぞいて結構愉しみ、買物の研究をしている案配である。それに店はとじても、ウインドウだけは終夜あかあかと灯をともしている。働く方にとってもこの方が能率的にちがいない。日本みたいに朝早くから夜中まで店をひらいていたって、そのわりに買物客がふえるわけはないからだ。

とにかく外国は、生活を愉しむために働いているのだという信条がはっきりしている。ヤタラに働いて、その分だけ税金を過酷にとりたてられて、しかも町はちっとも立派にならんと来たら、馬が働いているのと変りはないではないか。

ちょっとこまったこと

協会（編註・日本推理作家協会）の方から「ヨーロッパあらさがし」という題をもらったが、思わず「向うにあらなんかない」と答えてしまった。

この世に天国などあり得ない。だいいち向うで暮している日本人が必ずしも全面的に感服していないことからも、ヨーロッパにあらがないなんてのはうそっぱちにきまっているが、とにかくたッた一ト月駈け廻っただけで、あらなんか眼につく道理がないし、いう資格なんてありはしない。そして在留日本人もことごとく確信を以ていう。「しかし日本よりはるかにましです」。

とにかくヨーロッパの町というものは、ききしにまさるものだ。東京が町じゃない、村だというわけがヨクわかった。そして東京なり大阪なりが何十年か何百年かたったら外国風に美しくなるかという希望に対しても僕は絶望的である。台風とか貧乏とかのせいではない。先天的にそういう町を作る才能や感覚が欠落した民族じゃないかと思われるふしがある。

作家があまりひんぱんに海外旅行をすると、たいていあまり小説を書かなくなってゆくわけもヨクわかった。パリやウイーンを見れば、銀座でホステスなるものがどうしたこうしたなどと書くのがばからしくなるのは当然である。これは実際に見なくては、いくら旅行記を読んだって、写真を見たってだめである。

だから、いったことのない人の顔を見れば、ともかくも「ヨロション」でいいから、いちどゆきなさい、というよりほかはない。小説なんかかけなくなったっていいから、何はともあれ、まずのぞいていらっしゃい。

ヨーロッパにいたるところ——でもないか——女郎屋が健在であることにも、さもあるべきだと感服し、あのめんどうくさいチップという慣習さえも、これも悪いことじゃないな、と肯定したほどだから、あらさがしするどころの騒ぎではないが、しかしせっかくの御注文だから、僕のちょっとこまった下らないことを二、三書く。

あちらのあらではない。僕個人のこまったことで、何度もいった人には何でもないことである。しかも、言葉や食事などの問題ははじめからわかっていることだから別とする。これからさき、僕のようにはじめてお上りさん然とゆく人のためにいうのである。

まず、水にこまりましたな。これもきいてはいたが、それでも、酔っぱらって寝て、枕もとに酔いざめの水がないのはこまった。ホテルの洗面所にいって蛇口をひねっても、白濁した飲めない水が多いのである。ミネラルなどいっても、やはり僕たちの飲みたい水とはちがう。これは覚悟しておいた方がいい。

次に、マッチが手軽にないのもちょっとこまった。見ていると、外国人は日本人みたいに、ムヤミヤタラに煙草を吹かさないようだ。——とにかく日本いたるところ水あり、マッチありといいたい国からいった人間のまごつきの一つである。

それから、これは僕みたいに行儀のわるい人間だからいっそう億劫なのだが、毎日、明けてもくれても洋服を着て、ネクタイをしめて、靴をはいてるというのもシンが疲れますな。夕食前に一風呂あびて、ちょっとワインを一杯とゆきたくても、風呂からあがると、またネクタイをしめて靴をはいて——とかんがえると、ゲンナリとする。

いちど或るホテルで、トイレのない部屋に泊らなくてはならぬ破目となったが、夜中にちょっと廊下のトイレにゆくのに、ワイシャツを着てネクタイをつけて靴をはいて、粛々と乗り出さなければならんのだろうから、ウンザリした。

ならんのだろうから、とはあいまいな、ひとごとみたいな表現だが、実際には僕は御免こうむりましたがね。なに、ちょっと忍術を使ったのです。

パリの日本料理店

去年の夏、三十余日、ヨーロッパ旅行をした。

「がまんできるかしら?」

と、女房がいったのは食べ物のことだ。僕は一日二食、それに酒をのむこともあって、ふだんほとんどパン食をしない。外国旅行中はパン食にきまっている。

「まさか、ひと月くらい、とにかく何か食ってればいいさ。ガダルカナルにいったと思えばぜいたくな心配だ」

と、僕は一笑に付した。

「で、帰って来たら、まず何を食べるかしら? おすし? おそば? てんぷら? すきやき? おみそ汁? お茶漬?」

「さあ?」

いくら空想しても、これは見当がつかなかった。

さて、ヨーロッパへいった。むろんパンばかりだ。なんだ、たいしたことないじゃないか、と思っていたが、半月ばかりすると、どうもへんな感じがする。理性も意志も拒否するのだが、からだじゅうの細胞が、奥深いところで、かすかに、しかし執拗なあるものへの呼び声をあげてやまないのである。

それで、ついにがまんができなくなったというわけではなく、別のある事情、からだが、はからずも半月ぶりで、パリのモンパルナスにある「とうきょう」という日本料理店にゆく破目になった。

中に入ると、テーブル席の一方が一段高くなって、畳、衝立、そのまま銀座に置いても全然可笑しくないたたずまいで、帳場には半纏《はんてん》を着た番頭風の人が坐っているし、ウェイトレスはきもの姿の日本娘である。

それが、日本風の献立表を持って来た。勘定してみたら三十九種類あった。そのうちの数種類と値段をご紹介すると左の通りである。値段はフランになっているが、日本円に換算してかかげる。(すべて一人前、量は日本の料理屋なみ)

一、お刺身　一三一円四十銭
一、天ぷら・えび　四三八円

〃　・いか　三六五円
一、蒲焼　五一一円
一、茶碗むし　二六五円五十銭
一、湯豆腐・冷やっこ　二一九円
一、みそ汁　一〇九円五十銭
一、すのもの　二一九円
一、おしんこ　七十三円
一、おにぎり　二九二円
一、海苔茶　〃
一、しゃけ茶　三六五円
一、御飯　一〇九円五十銭
一、お茶　七十三円

その他「精進揚」「すきやき」「焼鳥」「串カツ」「水たき」「鯛ちり」「海老フライ」「卵焼」「お吸物」など。——

どうせ奇妙な味だろうと思い、女の子に、「この中でいちばん自信のあるものは何だ」ときいたらしとやかに、しかし自信満々として、「どうぞおためしになってみて下さいませ」と答えた。

そこで僕が注文したものは何かというと。——「さしみ」「いかの天ぷら」「茶碗むし」「みそ汁」「おしんこ」「日本酒三本」「御飯」であった。

まあ順当なところだろうが、やや変っているのは「茶碗むし」で、日本で僕はこういう場所で茶碗むしなど、いちども食べたことがない。

御飯はちゃんとおひつに持ってくる。刺身はまぐろらしい。やや日本のものと味がちがうような気がするが、しかし充分いける。ほかのものの味も、女の子が自信満々としていただけのことはある。

いや、それどころか、半月ぶりに食べた日本食の味は——「フランス料理は銀座のフランス料理がいちばんウマイ」といった日本人があったそうだが、僕もあやうく、「日本料理はパリの日本料理がいちばんウマイ」というところであった。

イタリアびと

ミラノでスカラ座と隣りの音楽博物館を見たあと、ドゥモ広場へいって、夕暮れの雑踏を見て過した。

広場のそばにあるドゥモ寺院や、丸ビルより高いのではないかと思われるほどの大アーケードの下の商店街の壮麗さには嘆声をあげるほかはないが、それよりイタリア人の顔を見ているると面白い。

イギリス、ドイツ、スイスと廻って来たせいか、イタリア人の顔はひどく間のびしているような気がする。よく言えばのんきそうで、悪く言うと馬鹿面である。兵隊が通る。モスクワの赤の広場で見た赤軍兵士はいかにも強そうであったが、イタリアの兵隊は見るからに強そうでない。イタリアが戦争をするとたいてい負けるのもむりはないという気がする。それにしても、戦争に強い国はどうも食い物がまずく、あまりあれほど空前の大富強国でありながら、アメリカ人が缶詰や冷凍食品で済ましているのは、先天的に舌が大味に出来ているので、それだけでも世界を制する資格がある。

面白味のない国だ。ロシア然り、ドイツ然り、イギリス然り。とくにアメリカなど、

――

そんなことを考え、美食好きなイタリア人の間のぬけた顔を見ていると、とくに御同様に戦争に負けたこちとらは、

「ヨウ、兄弟」

と、肩をたたいてやりたくなる。貧すりゃ鈍するで、べつにアメリカやロシアを羨ましいとは思わないのである。

イタリアでは物売り、乞食のたぐいがウヨウヨしている。

ヴェニスでは舟が岸につくと、うす汚ない爺さんが駈けつけて来て、手かぎのようなもので舟のへりをひっかけてひき寄せてくれるが、あとでお志をくれと手を出す。ホテルのボーイも物欲しげである。チップだけでなく、日本の穴のあいた貨幣が珍しいそうで、十円玉でもうれしがる。もらえるものなら何でもありがたく頂戴するといったていである。

それで、ローマのホテルで可笑しい話があった。

同宿した日本の一老人が、ライターのガスがなくなったので、ボーイを呼んで、日本のマッチを与え、代りにライターのガスを入れて来てくれと頼んだ。ホテルのボーイにライターのガス入れを依頼するのもどうかしていると思うが、先生これを純日本語で命じたのである。

「これ、ジャパニーズマッチ、これ君にあげる。これライター、ガスない。マッチあげる代り、ガス頼む」

とか何とかやったらしい。

ボーイは、「グラーツィエ」（ありがとう）といって、マッチとライターを持っていってしまった。それっきり、待てど暮せど、二度と帰って来ない。ボーイはマッチもライターも、どっちも頂戴したと思ったのである。言葉の通じない悲喜劇ではあるが、やはり何でも物をもらう習性がなければ、こんなことにはならないだろう。

ポンペイへゆく途中、カメオ製造工場に寄った。職人たちがカメオを刻んでいる。売場にいって、一万リラの値段表のやつを一つ買った。十五ドル出したら、リラのお釣りをくれた。べつの売場へいって、もう一つ一万リラの値段表のやつを買った。やはり十五ドル出したのに、こんどはそれを受け取って知らん顔をしている。おかしいではないか、という顔をして見せたら、やっとリラのお釣りを出した。

ずるいといえばずるい、横着《おうちゃく》といえば横着だが、しかしソ連の売店などで売子が冷然としていて、てんで物を客に売るという態度ではないのにくらべると、ともかくも必死に儲けようとする感じがあって、それなりの可笑しさ、愛嬌がある。

ナポリにゆく。ナポリの美しさは、日本でも鹿児島にゆくと日本のナポリだという。別府にゆくと東洋のナポリだという。日本いたるところにナポリがあって結構なことだといいたくなるほど有名だが、下町を通ると、崩れかかったような住宅の路地に無数の洗濯物がぶら下がり、うす汚ないパンツのごときものもひるがえっている。日本の敗戦直後を思わせる掘立小屋の集落があり、ぼろを着た子供がウヨウヨしている。

はじめは、イギリス、ソ連、ドイツなどとはだいぶちがうな、と思った。むろんイギリスにだってドイツにだって貧民街はあるだろうし、あさましい物売りもいるだろうが、全体としての印象がこれらの国は塵一つとどめず毅然傲然としているのである。それはそれで尊敬に値するけれど、なんとなく気づまりな雰囲気がある。イタリアのこんな人情風俗も、その中に入ると、かえって人なつこくて、暖かみがあって、面白味がある。

或る面からいうと、イタリアはいまの日本より貧しいかも知れない。少くともいまの日本人は外人旅行者に対してイタリア人ほど物をせびらないだろう。

それで思いついたが、日本人はヨーロッパで一応は評判がいいらしい。その理由の一つは、日本人が気前のいいことにあるらしい。日本人の多い町では、夜の女の値段がつり上る、といわれている。

僕ははじめこれを、日本人のコンプレックスから来た現象だろうと思っていた。しかし再考して見るのに、日本人は日本人同士でも気前がいいのじゃないか。外国人は日本人ほどむやみにお互いにオゴリ合うなんてことはしないのじゃないか。

そのまた理由を考えてみるのに、異民族の一大集合体といっていいヨーロッパでは、お互いの信用度の基準になるのは金だけである。頼りになるのは、人情を超越した金だけである。ところが同一民族が一つの島に住んで、おいそれとよそに逃げ出せない日本人にとっては、金はあまり頼りにならない。それよりもお互いの人情の方が頼りになる。知人親戚に総スカンをくってまで金をためるより、景気のいいときには然るべくばらまいておいて、何かのはずみで困っちゃうと、こんどは金のあるやつにモタレかかる。この作戦の方が処世上安全だということを、歴史的に肌で感じているからではなかろうか。——その日本人も、最近ではエコノミック・アニマルと悪口をいわれるほどになったが、それでもまだ気前のいいことは、右にあげたごとくである。

さて日本は一面からいうと、経済的にはイタリアを追い越したということもあるだろうが、しかし眼に見える町の景観はだんちがいである。

はじめてヨーロッパの市街を見たとき、僕はその壮大さに圧倒され、日本はもういちど太平洋戦争をやったと思って税金をとりにとりまくり、熱火のごとく国土改造や都市の建設に打ち込まねばならんとさえ思った。しかし、そのうちに、こりゃとうてい追いつかんとあきらめた。

とにかく、かけたもとでがちがうのである。入れた年期がちがうのである。

たとえば、例のポンペイ、この町がヴェスヴィアス火山の噴火で滅んだのが西暦七十年代。日本では例の耶馬台国に女王卑弥呼が君臨していたのが西暦にして二百五十年代といわれる。「魏志倭人伝」によると、このころでも日本人は食物は手づかみで食い、はだしで歩いていたそうだから、それより百七、八十年も昔には、裸で、ジョーモン土器か何かで飯を食っていたのだろう。

そのころのポンペイを遺跡で見ると、町には馬車の走る街路あり、銀行あり、浴場あり、バーまである。家々は、いまの東京でもこれだけの規模の家に住んでる人はめったにあるまいと思われるほど壮大である。中庭に置かれた噴水の台は大理石で作ってあるが、薄く半透明で、いまのスリガラス同様である。寝室には、春画の壁画がえがかれている。その他、日常の道具、或いはコンパス、ピンセットのたぐいなど、いまの小学校にあるくらいのものは、ちゃんとある。

——こういう「歴史」を見ると、いま日本がつけ焼刃で何をやって見ても、とうてい始まらん。いっそ何十階かのビルやハイウェイなどの猿真似をやめて、藁ぶき屋根の下でちょんまげをゆって、へちまでも見ていた方が気分もおちつくのじゃないかという気になる。

しかし、イタリア人は馬鹿面をしているとか何とかいったけれど、そのイタリア人にして、現在なお新ローマ建設にとりかかっている。

きけばムッソリーニ時代からとりかかっているものの継続で、今後百年くらいかかって建設する予定の由。日本など、戦争中の軍人や政治家はおろか、現在ただいまの政府でも、百年どころか二十年先の東京など五里霧中ではないか。

私の海外旅行

お恥ずかしいことに、私がヨーロッパへはじめて旅行したのは四十歳を越えてからだった。さしたる用もなく一般人が海外旅行できるようになったのはそのころからだったからしかたがない。そしてまたお恥ずかしいことに、ヨーロッパの町を見て、私は終戦以来といってても大げさではないショックを受けた。

これこそ人間の作った都市であると思い、東京は都市ではない、ばかでかい村に過ぎないという説もよくわかった。——いまお恥ずかしいといったが、これは謙そんであって、ほんとうはそうは思わない。

このごろ、日本はもはやヨーロッパに学ぶべきものなし、という論がはやる。羽田税関でも、役人が観光団をにくにくしげに見まわして「日本人はヨーロッパなんかにゆくこたあねえんだ！」と、どなり散らしたが、卒然として私は太平洋戦争緒戦のころの陸海軍の鼻息を思い出した。

さて私はヨーロッパへ二度いったが、二度とも団体旅行にくっついていったのである。年齢構成を見ると、三分の二が六十以上の老人で、三分の一が二十前後の人々である。

三十代、四十代がほとんどいない。それには理由もあるのだが、さてその若い人々を見て、自分が四十を過ぎている悲哀を改めて痛感した。ああ、自分もあの年ごろヨーロッパへゆけるような時代に生まれ合わせていたらなあ、とせん望にたえなかったのである。

シベリア鉄道で、ロシア娘たちと合唱していたのも若い人々だった。ミラノのホテルでたまたま誕生日を迎えたお嬢さんがあって、お祝いに集まってうたったのもむろん若い人々だった。

決してヨーロッパに学ぶべきことなし、どころではない。即座に日本の金もうけとなる性質のものではないが、百聞は一見にしかず、若い人々のやわらかい胸に刻まれたその心象は、長い目で見ればきっと大きな利益となって日本に返ってくる。税関の小役人がイラつくことはちっともない。

ただ、六十過ぎた人々はどうかな？　と実は考えた。ゆくのはご当人の自由だが、あまり高齢の海外旅行者からは特別の税をとって、それを積み立てて、優秀な若い人の海外旅行費として給付するということにしたらどんなものだろう、とまで考えた。

しかし、よくよく観察してみると、熱病やみのごとく写真をとり、狂気のごとくメモしているのはことごとくじいさんばあさんばかりで、若い人々は居眠りばかりし、アイスクリームばかり食い、そして「芸能週刊誌がないかなあ」と妙な禁断現象を起こしてソワソワしている。

残念ながら右の税の妙案は撤回せざるを得なかった。

ミュンヘンのビアホール

昭和四十年と四十三年、ミュンヘンにいって、二度とも、例のヒトラーがナチスの旗あげをしたとかいう有名なビアホール、ホーフブロイハウスにいった。

まかりまちがうと、世界史の聖地となったかも知れない場所だ。

一度は昼ゆき、二度目は夜いった。いついっても、とにかく大壮観である。

何百人か何千人が入りそうな、何の飾りもない、あってもごく粗野な大ホールに、頑丈なテーブルがならべられ、あまり上品ならざる老若男女が、手に手に大ジョッキをかかえてビールをのんでいる。これがてんでに、眼をつぶってぶつぶつ呟《つぶや》いたり、歌を歌ったり、拍手したり、肩を組んで揺れたり、それに楽隊が割れんばかりにボリュームをはりあげ、ドイツ国民の意気を見よといわんばかり、まさに血湧き肉躍るの思いがある。

きくと、これがまっぴるまどころか、朝からこの光景で、職人など、ここでもってビールをひっかけ、外に出ていっては働き、またやって来るという案配なんだそうだ。注文すると、ウェイトレスのおばさんが、片手に五つ両手に十くらい、大ジョッキをいっぺんにかかえてやって来る。おつまみはおなじみのソーセージや、大根を薄切りにしたもので、これがなかなか捨てがたい。

この大ジョッキたるや、片手では持ちあげられない、もう一方の手で尻を持ちあげなくては飲めないほどのもので、これが二マルク半、日本円にして二百円とちょっと。しかもそのウマサたるや、ほっぺたも落ちんばかり、いうまでもなくここはビールの本場である。

こういう場所が日本にあると、たちまちあちこちでケンカが始まったり、少くとも学生の天下となるところだが、ここではばかに女性が多い。中老人が多い。子供さえ混えた家族づれが多い。これがことごとくあらんかぎりの声をはりあげて歓をつくしていて、しかも全然物騒な気配なんかない。子供をバンドの舞台にあげて、チロルの踊りなんか踊らせてみんな拍手喝采といった風景である。

そして、こちらが日本人だと知ると、遠いテーブルでも家族づれでジョッキをあげて乾杯する。二回いって、二回ともそうである。こういう目にあうと、いまの日本の国力よりも、この前の戦争でトモカクもドイツよりあとまでガンばったことが効いてるんじゃないか、と思われるふしがあるのだが、どんなものでしょう？

さて、こんな飾りけなく、ありったけのらんちき騒ぎをやって、家庭的で、そのうえ安いビアホールが日本にありますかなあ？

ところでここまでは感心したが、一度目のときは、ちょうど、このビアホールのそばにホテルをとったので往生した。

とにかく午前二時になっても三時になっても、この大叫喚が窓辺にとどろき渡って来るのである。

ビアホールの外に出て来た連中までが、隊を組んで放歌しながら踊りまくる。いちど蛍の光を歌い出したので（むろんドイツ語で）やれやれこれでカンバンか、とほっとすると、それは歌った連中だけがおしまいだということで、あとの大騒ぎはいよいよたかまり、終るところを知らない。明け方になって、こっちがくたびれはてて眠ってしまうほかはないという始末であった。

それにしても、これほど酔っぱらいながら、その酔っぱらいが、ブーッ、と車を出してゆく。事故を起すと一生を棒にふる、ということは、日本以上のはずなのだが、このあたりどういうことになってるんですかなあ。……

斜塔と夕日とワイン

さきごろ、ピサの斜塔が傾き過ぎて危ないので、何とか現状のまま固定したいと苦心しているというニュースが伝えられたが、それで十年ほど前、ピサにいったときのことを思い出した。

実はフィレンツェのホテルにいたら、突然ピサにゆくバスが出るがゆかないか、と誘われたので、予定してもいなかったのに、急についていって見る気になったのである。

夏の午後の、ひろびろとしたぶどう畑の丘やオリーブ畑の平野の中を一時間半ばかり走った。

まことにキザなようだが、私はヨーロッパの野を走っているとき、名状しがたい、日本では感じない郷愁をおぼえたことがしばしばであった。これは幼年時に読んだ西洋の童話のおかげにちがいない。

近づくと、ピサの田舎町のしぶい朱色の家並の向こうに、なるほど斜めにかしいだ白い円塔が見えて来た。

どういうわけか、私の予備知識では、ピサの斜塔はそれほど大きいものではなかった。しかも、それは野原の中にぽつんと立っているような気がしていた。これも中学時代の物理の教科書か何かに出ていた小さな写真を記憶ちがいしていたのかも知れない。ところが、いって見ると、思いがけぬ巨大なもので驚いた。

しかも、広大な芝生の庭に、ほかにも真っ白な、広壮で華麗な教会が二つもある。斜塔は、その鐘楼にあたるものなのである。その意外さのためか、それまでに見たローマのバチカンその他の大建築物より、このほうにむしろ感心したくらいである。

青い芝生の広場をめぐる道路沿いには、何十軒かの土産物屋の店がならんで、塔の模型の蠟石細工を売っている。こうした店で、買いたいような物を売っていないことは、不思議に日本と同じである。

塔に入って、何百年か踏まれつづけて擦り減った大理石の階段を上っていった。三〇〇段くらいあるそうだ。

塔には、各階毎《ごと》に、帽子の鍔《つば》のようなバルコニーが巡っている。ときどきそこへ出て見ると、上がるにつれて、下の広場に群れている人々が豆粒のように小さくなってゆく。

バルコニーの幅は二mくらいはあるのではないかと思われたが、何しろ縁に手摺りがないので、壁に片手をあてて歩かないと、ひとりで大空へ飛び出しそうな不安に襲われるほどだ。

よくこれで、ふだん事故が起らないものだと思い、手すりをつけないと、日本ではすぐ問題になるだろうと考えた。

しかし、これは明らかに塔の美観のために、危険をいとわないのである。それに断定はできないが、こうしてあると、かえって事故は起こらないのではあるまいか。現代の日本は、あらゆることですこし過剰保護過ぎやしないか。

フィレンツェの町の古い美しさはいまさら私などがここに書くまでもない。イタリアの中世史にたいした知識のない私などは、むしろその古い美しさを本当に解する力はないにちがいない。

〃花の聖母寺〃や〃サンタ・クローチェ寺〃などを見た。〃ウフィツィ美術館〃で、有名な〃ビーナスの誕生〃や〃聖家族〃の絵などを見た。

それから、小高い丘に上り、ミケランジェロの広場から、赤い瓦屋根と卵色の壁だけのフィレンツェの町を見下ろしながら、いろいろなことを考えた。

一般にヨーロッパの町は、高いところから見下ろすと、樹が少ない。にもかかわらず、町を歩いて見るとすばらしい公園や街路樹の連なりである。

逆に日本の町は、上から見下ろすと樹木だらけなのに、町を歩くと、樹らしい樹はどこにも見えない。こんなに雨と日光に恵まれた国なのに街路樹はいかにも細く貧しい。

これは魔術的な実感だが、その種明かしは、日本の町が市民全体のために造形されていないで、各家々の小さな庭に樹が隠されているせいにちがいない。

それからまた、イタリアの汚なさについても考えた。

イタリアの町は汚れている。この美しいフィレンツェさえ、ある意味では汚ない。壁は剝げ、崩れ、それどころか、古雅な石の建物の間には住民の干し物さえいたるところに翻っている。

これにくらべて、フランス、ドイツ、特にスイスなどの清潔さ。——スイスなど、田舎の道さえも、まるで舐めて拭いたようである。たくさんの湖のほとりにも、紙一片も落ちていない。まさに絵葉書そのものである。それに対して、イタリアに一歩はいるとゴミだらけ、といった感じがする。このちがいはどこから来たのだろう。

この点については、日本もまたイタリアに勝るとも劣らないことを思い出し、私は妙なことを考えた。

これは気温による物の腐敗度から来たのではあるまいか。アルプスの北のヨーロッパでは、物を戸外に放っておくと、いつまでも腐らない。そこで早いうちに始末しておく習性が、何千年かの間に自然とついた。ところが、日本やイタリアのような暖国だと、放っておいても物はみるみる腐って、自然が消滅させてくれる。そこで、そんな手間ひまをかける習性は生じなかったのではなかろうか？　と。

とはいえ、スイスからイタリアへ一歩はいると、国境あたりの山と湖の風景はほとんど変わりはないのに、スイスの名も知れぬ湖の周辺のぬぐったような清潔さにくらべて、有名なコモ湖の湖畔など、紙屑だらけである。どうも、この気温説は心もとない。やはり、どうしようもない民族性かも知れない。

ところで、実をいうとスイスの清潔さは、はじめは大感心したもののそのうち、いや、こうどこもかしこも絵葉書のようではたまらん。ここに半年もいるとかえって神経衰弱になるかも知れない、と考え出し、イタリアの汚なさに、ほっと人肌のぬくもりをおぼえたのが、正直な感想であった。同病相憐れむといったところかも知れない。

とくにフィレンツェなどは、〝歴史〟そのものだ。人々は、歴史の中に住んでいるのである。あの美しい寺や鐘楼にはさまれた路地路地にひるがえる干し物は、歴史の手垢なのである。

いまでも私は、ホテルの屋上から、サンタ・マリア寺の尖塔のシルエットを眺めながら、夕日の中でワインを飲んでいたフィレンツェの夕べを、何よりなつかしく思い出す。

不可解なり、あのビールあのスープ

モスクワからアムステルダムへいったとき、仲間がみんなその料理を旨い旨い、といった。そのときはそれほどにも思わなかったが、次にロンドンを経てパリへいったときは、さすがに旨いと思った。

一日たって、トイレにいったら、恐ろしく固いやつが出た。これはまさしくイギリスの糞である、と思った。しばらくたって、またトイレにゆきたくなった。こんどは、実に快適で柔かいやつが出た。これはフランスの糞である、と感嘆をほしいままにして出て来た。

一般にフランス料理は、垂涎《すいぜん》のまととなる。それにくらべてイギリス料理は不評である。ドイツはジャガ芋とソーセージとビールだけの、ただ質実剛健なだけの食物だという。アメリカに至っては、その五十州がいつも同じ出来合いのハンバーグばかり食っているようにいわれる。

私も人並みに好き嫌いはあるけれど、さればとていわゆるグルマンでもなければ、料理研究家でもないから、こういう評判が当たっているか当たっていないか、よくわからない。

しかし、こういう評が出て来るには、それなりの理由があるのだろう。どうもこう見て来ると、一般に戦争の強い国は、食い物がまずいようだ。食物に無神経なところのある国民でなければ戦争に強くなれないのかも知れない、と考えたりする。

そこで、ソ連の胡瓜のことを思い出した……。

モスクワでは、ウクライナ・ホテルに泊った。ウクライナ・ホテルといえば、モスクワでも最高級でなければ最も有名なホテルだろう。そこの晩餐に胡瓜が出たが、なんとこれが一本をふたつに切ってあるだけなのである。

それも日本のモロキューのように細いやつならまだわかるが、巨大な胡瓜がふたつになって、ただゴロンと転がっているだけなのである。豪快なものだ、といわざるを得ない。さすがは精強ドイツ軍をクソ力で破った国だけのことはある。

そこで、また、シベリア鉄道のビールのことを思い出した。……

もう十年も前の話だ。そのころはまだ東京から直接モスクワに飛ぶ飛行機がなくて、東京からナホトカまで船でゆき、ナホトカからハバロフスクまで汽車でゆき、ハバロフスクからやっと飛行機に乗ってモスクワへ飛んでいった。

ナホトカからハバロフスクまででも、十六〜十七時間。

ところどころコスモスやりんどうの花が咲き、白樺の林はあるけれど、農夫らしい人影はどこにも見えず、ただカラスだけが低く飛んでいる。同じ風景がどこまでもどこまでもつづく夏のシベリア大平原や、一緒に合唱などしてくれた、人なつこい客室係のロシア少女たち……など、いまではそのシベリア鉄道に乗れる機会に恵まれたのが、かえってありがたく、懐かしい。

それはいいのだが、この汽車の食堂車で出た食事とビールである。

食事そのものは、べつにまずいとは思わなかった。とくに生葱をのせた牛肉など――日本の青いわけぎを刻んだと同様のものが、煮た牛肉の上にかけてあるのだが、これが辛くて、なかなか旨い。日本の肉料理でも、このやりかたは試みてもいいと思ったほどである。

これに、ビールを飲んだ。ビール二本に三ルーブル紙幣を出したら、おつりがないからといい、その代りタバコを寄越した。これはウクライナ・ホテルでも同じことをやられたが、このあたりも豪快なものである。

そのビールが、草色をしていて、飴の焦げたような匂いのするものであった。

——これがビールかな?

と、首をかしげ、とにかくはじめての異国の旅だから、ヨーロッパではみんなこんなビールを飲んでいるのかナ、と考えたが、アムステルダムへゆくと、日本のビールと同じ色、同じ味のビールであった。

いまでも、あのロシアのビールは不可解である。

私は料理研究家ではないから、その後調べたこともないが、やはりわからないのは、ロンドンのホテルで出たスープである。

みんな、ひと口、匙ですくって、妙な顔をした。恐ろしく塩辛いのである。日本人のふつうの味覚では、ふた口、み口と飲めないほど塩辛いのである。そこで、みんな囁き合った。

〝こりゃ、匙かげんを間違えたのじゃないか〟

〝いや、わざとコックが、塩をたっぷりぶち込んだのじゃないか〟

〝このごろ、ちょっと景気がいいと思って、ヨーロッパ中、練り歩くジャップどもに一塩吹かせてくれん、とね〟

〝プリンス・オブ・ウェールズとシンガポールはいつまでも祟る〟

実際、日本人はこの点についてのイギリス人の執念深さにはホトホト参っている。これよりあと、天皇がロンドンへいって植樹をしたら、一夜のうちに切り倒されてしまったほどだ。

エリザベス女王の植樹に、そんなことをする日本人はひとりもあるまい。それは日本人の礼儀というより、感性が許さないのである。エチケットのやかましいイギリス人が、平気でこんなことをやる。世界で一番大人民族と見られているイギリス人が、こんな小人的行為をやる。

——と、その執念深さに日本人も呆れ返っているから、ついこのようなヒガミが出て来たのだろう。

しかし、私は、いくらなんでも、そんな馬鹿げたことをやるはずはない、と考えていた。

ところが、一年おいて私はまたロンドンへいったのだが、やはり同じ塩辛いスープが出て、このときもヒソヒソと同じ問答が交された。……

ひょっとすると、いまでもこのスープ問答は、ロンドンへゆく日本人の間で交されているのじゃないかと思う。

しかし私は、あれはイギリス料理のひとつだ、イギリス人の好むスープの一種だ、と信じている。

ウィーンでは、郊外の、ベートーベンが住んでいた家に、昼と夜と二度いった。昼間いったときは、古い石壁の家々が坂道の両側にひっそりと立って、幼いとき読んだ童話の挿絵のように古雅で憂うい一郭であったが、夜ゆくと、中庭はブドー棚の酒場となって、青い葉に電燈をつらね、その下でドンチャン騒ぎをやっている。ドンチャン騒ぎといっても、恋人同士か家族同伴が多く、バンドが楽器をかき鳴らし、陽気で、和気あいあいとしていて、〝民衆の和楽〟という題の絵にしたいような光景だった。

ここで、牛の舌を食った。牛の舌といっても、東京で食べるタン・シチューなどのタンとはだいぶ違うようだ。これにマッシュポテトのようなものがつく。これを牛の舌にのせて食べてみると、ワサビのような味がして、辛くて、実にうまい。あれは何というワサビなのだろうか。何でも輸入する東京だから、どこかにあるのじゃないかと思うけれど、まだ東京ではお目にかかったことがない。その名を知りたいものである。

それにしても、この酒場の外には車が数十台駐車していた。ブドー酒に酔い痴れた人々が、ブーッと次々にそこを出てゆく。

ミュンヘンのビアホール、ホーフブロイハウスでも同様で、ちょうどホテルがその近くにあったものだから、その喧しさに眠られなくて閉口したが、酔っぱらい運転については日本以上に厳しいと思っていたヨーロッパでこのありさまは、料理以上の不可解事である。これはいったい、どうなっているのか知らん？

優雅なる野趣・カウアイ島

羽田からホノルルまで、ジャンボ機で六時間ほどであった。しかし、その速度を思えば、べつに近いとは思わなかった。

思い出せば三十五年前、真珠湾奇襲の日本連合艦隊が太平洋をここまで忍び寄るのに、その途中よく発見されなかったものだと、改めて山本五十六のメチャクチャぶりに感じいったほどである。

ところで、ホノルルの空港で、パスポートの照合その他の入国手続きを受けるとき、ふと感じたことで、是非読者に教えてあげたいことがあるので、ついでにここで書いておくことにしよう。

ホノルルの空港でも、八つか十かの改札口？　があって、それぞれの口に数十人の行列がならんでいたが、その検査官の中に女性が一人いた。そこに私たちは何気なくならんだのだが、結果は失敗であった。

女性はやはり時間がかかる。べつに仕事が緩慢というのではなく、おそらく女性特有のキチョーメンさからだろうと思われるが、かりに一人ずつ三分間よけいに時間を要したとしても、二十人目でもう一時間遅くなることになる。四十人目にならぶと、実に二時間の差がつくことになる。

だから、外国へいったとき、税関でゆめゆめ女性検査官のいるところへならんではいけません。御忠告まで。

ハワイへいったのは、家族にせがまれて出かけたので、私は少々軽蔑しながらいったのだが、いって見て、実は非常に感心した。

なにしろ私は、それまでパイナップルというものは、ヤシの実のごとく樹の枝からぶら下がっているものとばかり思いこんでいて、ハワイへいってはじめて畑に生えているものだということを知って感服したくらい無知な人間だから、少々馬鹿にしていたといっても、まったく権威はない。

事前に馬鹿にしていたのも、事後に感心したのも、実は同じ印象にもとづくもので、つまり、いわゆる鄙《ひな》びた感じというやつである。

よく日本の旅行雑誌などで、〝鄙びた温泉〟などという紹介に釣られていって、腹を立てて帰って来る人がある。鄙びたというのは、田舎じみたという感じなのだが、この古い雅語に惑わされ、ひょっとしたら頭の一部で、お雛さまの雛と錯覚するところがあって、それで失望するのじゃないかと思われる。実際に日本で鄙びた温泉などいうところは、ただウス汚ないだけのことが多い。

ハワイは、そうではない。田舎じみたところはあるが、明るくしゃれている。それどころかホノルルのショッピング・センターなど、そのプロムナードもふくめて、あれほどきれいで素敵な買物街は、日本にもめったにあるまい。ペンキ塗りの植民地文化の島かと思っていたら、アメリカとポリネシアの文化が、いい線で、溶け合っている。

ヨーロッパにいって、〝風流〟とはいまの日本になく、ヨーロッパにある、と感じたことがあったが、鄙びた感じのよさ、というものも、日本よりもハワイでほとほと味わった。

私たちがいったのは、三月末から四月初めにかけてであったが、日本を出るときは雪がふっていたのに、ハワイでは海水浴をやっていた。夏も冬も、二、三度くらいしか気温の差がないそうだ。

それでいて、風は白く爽やかである。日本の五月よりも鮮やかな緑、目ざめるような碧空に咲くハイビスカスや夾竹桃の花。

町のマーケットにはいると、日本の文字で〝本日大安売り〟など書いた紙がはりつけてある。ホテルの食堂にゆけば、バイキングで、飯もあり、タクアンもある。すこぶる気楽である。

これは、ちょっと暇と金があったら、日本の温泉にゆくよりもましだ。なるべく気軽に、熱海にゆくくらいのつもりで、これから何度も来ることにしよう、と私たちは話した。その意味で、ホノルルのあるオアフ島より、もっと気にいったのは、カウアイ島であった。

ハワイ諸島がいくつかの小島から成るということは知っていたが、それが八つで、その中にカウアイ島という島があるということも、いって見てはじめて知ったのである。地図で見ると、オアフ島の北西に隣する島だ。

だから、カウアイ島にゆく飛行機があるから乗らないか、といわれて何の知識もなくそれに乗って、紺青の海の上を飛んでいった。ふつうのプロペラ機だが、三十分ほどであったろうか。

リフェという寂しい空港に着いた。空港の建物も日本の田舎の駅のような感じであった。着いて見ると、小島とはいいながら、大山脈らしきものもあり、大きな川も流れている。ワイルア川というのだそうだ。

両岸から樹の枝が垂れ下がって水にひたっているそのワイルア川を、船でさかのぼっていった。川の上では水上スキーをやっている人々があったくらいだから、いかに悠々たる流れであるかがわかる。そして、その上流に、シダの洞窟というものがあった。

芸能界のゴシップに詳しい人なら御存知だろう。ここでさきごろヒデとロザンナが問題の結婚式をあげたのである。

私たちのいったのは、あの騒ぎの前で、シダの洞窟へゆくのだと聞いても、私はシダとはハワイ語の何かだろうと考えていたほど無知であったが、いって見ると、大岩壁いちめんに巨大な羊歯《しだ》が垂れ下がり、その下に大洞窟があるという場所なのであった。

それからまた、ワイメア渓谷に車を走らせた。

ところで私はまだアメリカ大陸へいったことがないのだが、もしゆくとするなら何より見たいのは、甚だ子供らしいが、グランドキャニオンとナイアガラである。そのミニ・グランドキャニオンが、このワイメア渓谷だ。ちょっと蓼科あたりの景観に似た山を上り、上り、上ってゆくと――道はむろん舗装してある――展望台があり、谷を隔てて、水平の地層をありありと見せた大岩壁に対する。ミニといったが、なかなかの大壮観で、こんなものが日本にあったら、屈指の観光地になるだろう。

それが、見物人というと、私たちの家族のほかは、二、三人の外人客だけなのである。ただ、ひっそりかあんとした雄大な風景の上を、雲の影だけがゆっくりと這ってゆく。

その晩は、リフェのホテルで、トーチ・セレモニーなるものを見た。椰子《やし》林の庭を闇黒とし、太鼓の音とともに赤い腰巻をつけた裸体の男が松明《たいまつ》をかかげて走るという見せ物でこれも悪くなかった。

しかし、カウアイ島で、以上の奇勝、壮観、ショーより、何より心をひかれたのは、車で走る途中、飲物を飲みに立ち寄った村の一軒の雑貨屋であった。

村といっても、二、三軒の家があるばかりで、それより広い野の中の辻にぽつんと建っているという感じの店屋である。

出て来たのは、洋服は着ているがまさしく日本のお婆さんで、これがやはり買物に来たらしい日本のおばさんと、日本語で話している。日本の田舎町の風景とちっとも変らない。おそらく戦争以前からここに住んでいた人々にちがいない。そして、まわりの風景は、ほとんど人家も人影もない。ただ緑の草原と赤い花だけの土地なのである。

——これで暮せるなら、オレもハワイに移住して帰化して、老後を過ごしたほうがいいな。と、私は虫のいいことを、半ば本気で考えたほどであった。

つまりアメリカは、ハワイ諸島をただ軍事的必要から所有しているだけで、それ以外の点では持て余している——少くとも放任しているといったのどやかな感じなのである。

〝お手広くいらして、結構でございますこと〟と、こちらとしては、羨望を通り過ぎて、嫌味のひとつもいいたくなるくらいである。

アメリカがハワイを併合したのは明治中期だが、当時ハワイに住んでいた外国人は、たしか日本人が一番多かったはずだ。しかし、もし歴史がどうかしていて、ハワイが日本のものであったら、いまごろは例の押すな押すなの人間の波、ゴミだらけスピーカーだらけのウンザリするような観光地にしてしまって、とうていいまのような優雅なる野趣に満ちたカウアイ島なんか見られなかったこともまちがいのない事実である。

T・K・K

この夏はイギリスで二十日ばかり過した。親戚に東芝の社員でロンドン支社に勤めている人があって、この秋二年間の勤務が終るので、いまのうちに遊びにこいといってくれたので、そのお世話になったのである。

なにより私は、その家の子供たちが、二年間見なかった間に、それぞれこちらの中学一年、小学五年になっていたのだが、英会話が自由自在となっているのに眼をまるくした。

「これなら日本で中学から大学まで英語をやってモノにならないより、みんなこの年ごろ、二年ほどこっちによこすに限る。……僕なんか、ロンドンの犬よりあやしいかも知れない」

憮然として、夕食の席で私はいった。

「いや、子供はおぼえるのも早いが、忘れるのも早いそうですよ」

ウイスキーをのみながら、そんなことを主人と話している間に、子供たちが面白い遊びをはじめた。

英語のアルファベットをいいかげんに三つならべて、それが頭につく三行の日本文をとっさに作るという遊びである。

たとえば、S・I・Kというと、

「斜陽でも、イギリスは、貫禄がある」

「ストーンヘンジは、偉大な石の、記念碑である」

「鮨は、イクラに、限る」

といった具合で、即答だから名文句は出ないが、くだらないところが可笑《おか》しく、ちょうどその年ごろの子供には恰好な遊びで、その笑い声につりこまれてこちらも仲間に加わった。そのうちに、T・K・Kというのが出た。

「太陽は、きょうも、かがやく」

「東芝は、変った、会社である」

「田中角栄は、金権の、キングである」

などやっているところへ、私が、

「とにかく、糞をせねば、困る」

といったので、みな抱腹絶倒した。

それから、英語はともかく万国の言葉を知ってる人間などないのだから、ＳＯＳのごとくアルファベットを三字いうと、万国に通じる共通の言葉があればいいな、という話になり、緊急の用件を伝えるこんな三文字を最低三十くらい作って、全世界の税関、警官、交通機関、公共機関、ホテルなどに教えておくといいんだが、という話になった。

「それより、ふだんでも、Ｔ・Ｋ・Ｋでちょっと失礼します、というと、きれいでいい」

と、主人がいい、またみな哄笑した。

ところで小生は、変った場所にゆくと、ふいにＴ・Ｋ・Ｋになる悪癖があって、大困惑することが多い。こんな場合、Ｔ・Ｋ・Ｋといって通じればどんなに助かるか知れない。

こんどの旅行でも、成田空港でもヒースロー空港でもＴ・Ｋ・Ｋになった。

さて帰途はモスクワ経由で、モスクワのシェレメチェーヴォ空港に途中着陸した。例の大韓航空機撃墜事件の数日後であったが、ちょうど黄昏どきで、よその国の空港なら灯の城のような景観を呈している時刻、この空港の建物はほとんど薄闇に近かった。どうも右の事件のせいでもないようだ。

ここで、果せるかなT・K・Kになった。

二十年ばかり前モスクワに来て、この国のトイレット・ペーパーの物凄さにへきえきしたので、特に注意してペーパー持参でかけこんだのだが用意してよかった。この国の国際空港のトイレにはペーパーがなかった！

「とにかくモスクワの、空港トイレには、紙がない」

ドーヴァー海峡

日本人で、イギリスとフランスを往復した人は無数だろうが、このごろはみな飛行機で飛び、船でドーヴァー海峡を渡った人は案外少ないのじゃないか知らん。

おととしの夏、私はそれをやってみた。

九月一日の朝八時二十二分、ロンドンのチャリング・クロス駅を出た。コンパートメントではないふつうの汽車であったが、汚ない汽車である。日本ではこんな汚ない汽車は、どんな赤字線でも走っていないのじゃないか。

十時過ぎに、灰色のドーヴァー海峡が見えてくる。ただし、霧にかすんで、水平線は見えない。トンネルを二つ三つくぐって、十時十分、ドーヴァーに着いた。

赤い二階建てバスで港に向う。埠頭には巨大なホバー・クラフト船が待っていた。ふつうの船より早いというのと、実は日本でもホバー・クラフトなんてものに乗ったことがないのでこれを選んだのだが、これは失敗であった。

はじめその船窓がすべて真っ白に汚れて見えたので、おや窓ガラスを拭かないのか、ずいぶん横着《おうちゃく》だなあ、と考えながら乗ったのだが、さて海を走り出すと、真っ白な窓から外界は何も見えない。ただガラスの外にたたきつける波しぶきの水が見えるだけである。窓が真っ白であったのは、海水の塩の塗抹のせいであったのだ。

ドーヴァーを十一時十五分に出て、十二時にはもう対岸のフランスのカレーに着いた。

カレーは小さいが美しい町であった。ノートルダムみたいな寺院もあり、ルネサンス風の赤い市庁舎の前の大花壇の中には、例のロダンの「カレーの市民」の銅像もある。しかし、近来は船でドーヴァーを渡る人は少ないと見えて、町はまったく閑静だ。

ヨーロッパの町は、どこでも街路の広いのに感心する。いざ街路を拡げようとしても、まだ木造の家の多い日本でもなかなかうまくゆかないのに、石造や煉瓦造りばかりの、しかも由緒ある建物の多いヨーロッパの町で、よくこんな風に広い道を作っていたものだ。おそらくそれは昔から馬車が往来していたせいだろう。

と、考えていたが、さて近来の自動車の大群は、この広い道も埋めつくしてまだ足りない。さあこうなると石造、煉瓦造りの町は木造よりなお始末が悪い。簡単にガレージが作れないのである。だから、駐車するにはみな歩道に半分乗りあげて駐車せざるを得ない。従って、車の走れる道の幅は日本よりなお狭くならざるを得ない。

人影の少ない閑静なカレーの町も、この風景だけは同様であった。

ジョルジュ五世ホテルというホテルに泊った。名は凄いが、通りに面した何の変哲もない小さなホテルだと思ってはいったら、内部はなかなか奥深く宏大なものであったのにはめんくらった。こういうところは京都の料亭などに似ている。

一夜泊って、朝食はクロワッサンと紅茶のみ。イギリス人はフランスに渡ると、よくパンを土産に買ってくるという。そのパンのうまいフランスでは朝食に紅茶かコーヒーだけですませ、パンのまずいイギリスではベーコン・エッグなどをつけるのを面白く思う。

ドーヴァー海峡を往復するだけが目的だから、すぐ港に向う。

きのうホバー・クラフトで懲《こ》りたので、きょうはふつうの客船に乗った。白い、すばらしい巨船だ。こんな豪華な大きな船に乗ったのは生まれてはじめてである。クィーン・エリザベス号などは知らないが、かつてバイカル号でナホトカまでいったことがあるけれど、それとはくらべものにならない。

近来フランスとイギリスを往来するのに船を使う人はそんなになかろうと思ってい

たのは無知のせいで、どこから湧き出したか、何千人とも知れぬ客でいっぱいだ。まるで豪奢なホテルのロビーやレストランが幾つもつらなって動き出したようである。

はじめてドーヴァーの波濤を見た。

灰色の波はなかなか荒く、巨船もかすかにローリングしている。距離は青函トンネルよりまだ短い五十二キロだが、なるほどこれではナポレオンやヒトラーがひるんだのもむりはない。そのとき、ハテナ、日本の勇ましい娘さんが二年ほど前この海峡を泳いで渡ったことがあったっけ、エライもんだな、と改めて感心したが——実は同じ娘さんが、この前日に二度目の壮挙を試みていたことをあとで知った。

航程約一時間半で、海の果てに有名なドーヴァーの白い崖が見えはじめ、次第に近づいてきた。

十時半にカレーを出て、十二時にドーヴァーに着いた。こんな巨船でも、やっぱり埠頭には綱でつなぐところが面白い。

カレーは晴れていたのに、ドーヴァーは雨になっていた。

海を見下ろす丘の上に、古いドーヴァーの城がある。車で上ってみたが、雨のせいか見物人は一人もいない。イギリスの城はどこも重く、暗く、悲しいが、ドーヴァーの城も同様であった。

帰去来・蓼科

人間は愚かなものだ。

「わかっちゃいるけどやめられない」ということがあるのは誰でも知っている。その反対に「わかっちゃいるのだが、出来ない」ということもある。そうした方が、自他ともに有益なことで、しかも肉体的にも経済的にもそれほどの大努力は必要がない。ほんのちょっとした決心一つで出来ることだ。ということはわかっているのに、実際問題としてそれが出来ない——ということがある。

たとえば、先年来僕の夢みていることに、蓼科暮しがある。

ちょっと夏だけ避暑にゆくとか、冬だけスキーにゆくというのではない。東京の家を全然引き払って、永遠に蓼科の小さな山荘で人生を送るということだ。

そこで何をするって？

何もしないのである。山荘にただ本と酒だけ持ち込んで、あとは湖をぼんやり眺めたり、樹林の中の小径をぶらぶら歩いたり、ときには車山とか牧場の方へドライブしたり、蓼科温泉へお湯につかりにいったりするだけで暮すのである。生活はどうするかというと、東京の家を貸して、その家賃を以てあてる。もし傭ってくれるなら、横岳のロープウエイの切符切りか何かに傭ってもらう。

何たる怠惰なる生活ぞや。まことにその通りだが、べつに人さまに迷惑をかけることではないから、まあ許してもらえるだろう。

何たる無意味なる生活ぞや。しかしこれはそうとは僕は思わない。少くとも東京であくせくして、くだらない仕事に追い回されて人生を終るよりはいい。そして山荘の生活を無意味にするか有意味にするかは心掛けの問題である。人生はがつがつ働くだけが有意味なのではない。

つまり、それほど蓼科の風物がなつかしいのである。

ときどき、ほんの数日間いって——小さな山荘のベランダで、夏の夕、遠い車山の美しい夕映を見つつビールをのんだり、或は冬の午後、ガラス越しに白樺の林にチラチラふる雪を眺めつつ、ストーブの傍でウィスキーを傾けながら、いつも僕はこんなことを考えている。半分真剣で、半分夢みつつ——

晩秋・無人の富士山麓

去年の秋、ふと甲州からどれくらい富士山が見えるだろう、ということを知る必要が生じて車で出かけた。

実は蓼科に山荘があるので、そこへ往来するたびにいつも富士山を見ているのだが、どの地点でどれほど見えるか、ということを、特に山梨県で確認していなかったからである。

いってみると、山梨県では意外に富士山が見えないところが多い。前面に御坂山脈がびょうぶの役を果たしているからだ。中には、近くの山の向うに富士山の肩だけのぞいたところもある。大美女の肩だけ見てるようなもので、こんな土地に住んでいたら毎日隔靴搔痒といった気持がして、何だかノイローゼになりそうな気がする。

富士山を持ちながら富士山が見えないとは変な県だ、と思いながら、ついでに御坂山脈を越えて富士に近づく。

そこまでゆけば、富士五湖がちらばり、雄大壮絶、世界一といいたいほどの富士の全貌が天空にそびえる。

富士五湖には何度かいったことがあるが、いつも夏ばかりで、秋ははじめてであった。

私のいったのは十月の末であったが、秋天一碧、白雪富士、この世のものとは思われない景観の中に、穂すすきのみ吹きなびき、客はまばらであった。ウイークデイのせいであったかも知れないが、まだ寒い季節でもないのに、モッタイない以上に、ふしぎ千万だ。食べ物屋の大半はどこもしまったままであったから、その日だけのことではない。

しかし一方、この無人の壮観はありがたかった。富士五湖には秋来るにかぎる、とさえ思った。

さらに、例の青木ヶ原の大樹海を横ぎる。これまた紅葉黄葉の果てしない絶景の中に、ゆきかう車はほとんどない。紅葉見物の味をひとりで満喫した思いがした。

ところで、富士の北は五湖である。東はその五湖の一つ、山中湖から南の御殿場につらなる。南側はいわゆる富士の裾野がひろがる。――と承知していたが、ハテ、西側はどうなってるか知らん？　と、以前から首をひねるところがあった。

むろん、そちらの側も裾野がひろがっているのだろう、と考えたが——私のいったのは、西側というより北西の、本栖湖から富士川へ下る道であったが、これが凄じいまでの巨大ないろは坂になっていて、下へ、下へ、下へ、大地の底に沈みこむのではないかと思われるほどの急な大断崖的地形であったのも思いがけなかった。

やがてたどりついた下部温泉は、二十数年前いちど訪れたことがある。そのとき同行した友人が、めあての宿の部屋に通されてから、

「ここにオノブさんという有名なデブの女中さんがいるはずだが——」

と、きいたら、お茶を持ってきた女中さんが、

「オノブは私です」

と答えたので、眼を白黒させた記憶がある。

それ以外はまったく風景も忘却していて、はてな、下部とはこれほどひなびた温泉だったか知らん？　と首をひねった。

あまりわびしい気持がしたので、ひき返して紫の夕雲の下を甲府に向った。

蓼科生活

蓼科《たてしな》に小屋を作ってから二十何年かになる。毎年七月半ばから九月半ばまで二タ月近くそこに籠《こも》ることにしている。これを習いとしてから、夏が来るのが愉しみになった。

山荘から、遠くて数十分、短かくて数分のドライヴで、白樺湖はもとより、アルプスの連嶺を見はるかす車山《くるまやま》、素朴な女神湖《めがみこ》、蓼科山、ふしぎな縞枯山《しまがれやま》を見る横岳ピラタス、幽邃《ゆうすい》な白駒池《しらこまいけ》など、欲するときにすぐにゆけるのがありがたい。

去年、ある雑誌社の人々といっしょに、この中の蓼科山の中腹にある「御泉水」なるところへいったが、この樹林の中の、木で作った回遊路を辿《たど》っているときに静かに吹いていた風は、何と形容したらいいだろう。ただ涼しいというばかりではない。ただかぐわしいというだけではない。あんな微妙な風をいままで経験したことがない。

「これは極楽の風だ」と私がいったら、みんな同感し、恍惚とした顔をしていた。

中でも、何度ドライヴしても飽きないのは霧ヶ峰高原の、ほとんど樹のない、ただ短かい草のみの――かんばつつじと日光きすげの大群落はあるが――ただ短かい草のみが吹きなびく大丘陵が、うねりきたり、うねり去る雄大きわまる景観だ。私もあちこち山上山中を走るドライヴウェイを走ったが、日本ではこれにまさる風景はほかに記憶がないように思う。

しかし、そういうドライヴより、私はただ山荘で暮しているのが何よりうれしい。毎朝、すぐ前を通っている道を歩いて、夏だけ出ている小さな店に新聞と牛乳を買いにゆく。朝食後、歩いて三十分ほどの八子《やし》ヶ峰《みね》に散歩に登る。山上から見下ろすと白樺湖が青い大きな鏡のようにひろがっている。ふり返ると杉林のかなたにアルプスの山波がかすんでいる。

午後は、風呂を焚《た》く。近くの別荘はさすがにみんなプロパンだが、うちでは強情《ごうじょう》に薪《まき》で焚いている。夏だけにしろ二十年も使っていたのでおとし改造の必要が生じたが、そのときも何とかして薪用の釜風呂を探して取りよせたほどである。水が、手の切れるほど冷たいので、沸くのに二時間くらいかかる。

その間、裏の林の中で薪を作る。さてその薪だが、いくら蓼科でも自分の領土内に、薪にするような木がごろごろ転がっているわけではない。そこで薪の半分は、東京から運ぶのである。東京から蓼科の山中へ薪を運ぶというのは面妖だが、それほど風呂焚きは愉しいのだ。

あと、書斎に籠って本を読む。去年は中世と能の本ばかり読んでいた。ただし、仕事とは関係ない。原稿はまず書かない。

まわりは白樺と水楢《みずなら》の林で、そこは蟬《せみ》しぐれに満ちている。それどころか、ときどき鶯《うぐいす》が鳴く。さらに窓外を眺めると、赤とんぼが群《む》れ飛んでいる。実に蓼科では、鶯と蟬と赤とんぼが、同季節に交歓の歌を歌っているのである。

「風山房」と称する山荘は千五百メートルの標高にあるそうで、下界はどんな酷熱地獄でも、ほとんど二十度前後を保っている。

ここでの夏の生活は、たしかに私の寿命を何年かのばした。そして、おそらく私が死ぬとき昏睡の夢に現われるのは、他の人生の断片より、山荘から新聞を買いにゆく白い道の風景ではないかと思う。

ナンバンが来た

毎年の夏、蓼科の山荘にゆく。

その期間だけ、近くに臨時の売店が出来て、野菜果物、インスタント食料品のほかに新聞を売る。その新聞を毎朝買いにゆく。

ある朝、新聞を買いにゆくと、気の弱い鬼軍曹みたいな顔をした売店のおやじさんが、

「ナンバンが来た、といって下さい」

と、いった。とっさに何のことかわからず、問い返したが同じ言葉をくり返す。

数瞬、私は考えた。——ここの新聞は、一帯の別荘が申し込んだ種類と部数だけ取り寄せる。だから客に渡すのをとりちがえるとあとで支障をきたすので、これからは自分の名と別荘の番地を報告することになったのだろう、と判断した。そこで、

「南平台七番の山田一等兵、朝日新聞を受領に参りました！　といえばいいんですか？」

と、訊《き》くと、鬼軍曹どのは「ヨオシ！」ともいわず、

「いえ、奥さまにナンバンが来た、とおっしゃって下さい」と答えた。

やっと私は、信州でナンバンといえば唐辛子《とうがらし》のことらしい、と気がついた。

つまり私の家内が前日に注文しておいた葉《は》唐辛子が入荷したからそう伝えてくれ、と鬼軍曹どのはいったのである。私はあとで今の問答を思い出して、十数分笑った。

さて家内が特に信州の葉唐辛子を注文したのは、東京の八百屋ではカラい葉唐辛子が手にはいらないからである。これは唐辛子はむろん葉も茎もふくめての葉唐辛子だが、これから唐辛子と葉だけとって醬油や酒、みりんで煮つめると、お菜としての葉唐辛子が出来上る。

町でも瓶詰にして売っているけれど、全然カラくない。そのカラ味と風味は、どうしても信州の葉唐辛子を自家製で作らなければ得られない。

そもそも私は、若いころから香辛料には強かった。

ラーメンには胡椒をスープも見えなくなるほどふりかけた上に、スったにんにくをたっぷり入れる。ライスカレーも同様で、それでも物足りなくて、どこかのインドカ

レー店で、食うと一週間高熱を発するほどカラい店があるそうだが、いちど何とか体験してみたいものだと念願している。出かけるときそばを食う予定があると、赤い唐辛子を刻んだやつを用意して持ってゆく。そば屋があとで、そなえおきの七味唐辛子じゃないものが浮かんでいて、はてなと首をひねるだろう。

しかるに最近では、右のごときカラい葉唐辛子が手にはいらない。大根だってカラくない青首大根とやらしか売ってない。「この大根カラいですか」と訊くと、八百屋はかんちがいして、とくとくと「いや、カラくないですよ」と答える。それなら大根下ろしの意味がない。

近来日本は、何でもかんでも総甘《そうあま》時代にはいったと思っているが、野菜類の上でもそうなったか、と私は慨嘆していた。

ところがである。先日若い人々と食事していて、酒のあと飯になったときこの自家製の葉唐辛子を出した。

ふつうはこれを箸の先でちょっぴりつまんで、熱い飯にのっけて食う。年はだてにとってはおらぬ、わが辛酸修行のほどを見よ、と私が、小指の指先ほどのかたまりをパクリと食って見せたら、彼らは蛙の面に水といった顔で、親指一本分くらいの葉唐辛子を平気でパクパク食った。

そういえば激辛《げきから》時代という言葉もありましたな。いつのまにか新ナンバン人が出現していたのである。

II

食はおそうざいにあり

オキュート

まだ夜明前、大いそぎでボストンバッグを持って東京の家を出かかったら、

「あなた、顔は洗ったの？」

と、女房がきいた。

「顔は九州へいって洗う」

と、答えて、出た。

ほんのこのあいだのような気がするが、昭和三十三年の春だったから、もう六年も前のことになる。朝七時半羽田を飛び立つ飛行機に乗るためのさわぎである。

途中伊丹に二、三十分着陸して、板付飛行場についたのは午前十一時半だった。板付から福岡へゆく沿道は菜の花が美しかった。福岡で医者仲間の団体旅行に合流した。

しかし、福岡はなぜ博多という市名にしなかったろうと、僕はふしぎだ。福岡とい

う名にも伝統のあることは知っているが、そんな名はどこにもある。げんに僕の故郷山陰地方の山奥の隣村にもある。博多には福岡に劣らぬ歴史のひびきがある上に、珍らしいし、だいいちハカタという発音がさわやかで、しゃれていて、エレガントである。

東京の浅草区を台東区と変え、小倉や八幡をひっくるめて北九州市と命名した愚には及ばないが、それでも何か機会があったら、博多と改名してもらいたいくらいである。

ついでながら、北九州市とは何という馬鹿のつけた市名だろう。だれだって、東京都にゆくとか、京都市にゆくとかいわない。東京にゆく、京都にゆくといえばわかる。しかし北九州にゆくといったら、それだけで北九州市にゆくとはだれも思わない。福岡だって北九州である。第一キタキューシューシというと舌をかみそうだ。こんな漠然としてあいまいな名は、たんに語感に情緒がないのみならず、実生活上煩らわしくて、行政上も不便だろう。僕は悪人よりも馬鹿の方がこの世に害悪をあたえることが多いと思っているが、これがいい見本である。

ところで、福岡だが――福岡だけにゆくために九州へいったのではなく、半月あまり九州全体を旅するための第一歩として着陸したのだが、それでも二泊はした。

二泊はしたが、その二泊のあいだにどうしても東京へ送らなければならない原稿をかかえていたので、夜もろくろく眠れない。それでひるまは団体旅行の一員としてバスで廻ったのだが、居眠りばかりしていて、記憶はだいぶおぼろである。

なんでも那珂川のほとりの宿で、窓の外を河がながれていた。河が半分干あがって、子供たちが砂の上で野球をしていたかと思うと、ちがう時刻には菜っぱや蜜柑の皮などを浮かべた水が、満々とながれていたことをおぼえている。

東中州へも九大へも箱崎宮へもいった。平和台球場は居眠りをしていてバスをおりずじまいであったが、西公園にはフラフラとおりて、そこの桜が満開で、いたるところむしろをしいた花見の人々が酒をのんで歌ったり踊ったりして、それを小学生までがおなじような顔をしてならんで手拍子をうっていたのを、微笑ましく見たことをおぼえている。

ところで、このとき東中州の或るヤキトリ屋にいってビールをのんだ。店に出ているのは、すべて十七八の女の子ばかりだ。これが、九州全土の女性の印象に影響をおよぼすほど、恐ろしく愛嬌のない女の子ばかりだった。

もっとも、一般にサービス的な仕事は女の専売ときまっているようだが、これは一つの誤解乃至錯覚からきていやしないかと僕は思っている。客が男だから、女でありさえすればいいという意味だけのことで、サービスの技術、心のくばり方は、はるかに男に及ばない。——という平生からの考えを、如実にうらがきするほど無愛想な連中だった。モテない男のヒガミというなかれ、ヤキトリ屋で女の子にベタつかれても、ほんとうは気味がわるいにちがいない。ただ程度の問題である。

ここでオキュートなるものを食べた。

「なんだ、カンテンじゃないか」

と、むろんはじめてオキュートを食べた僕には、特別の珍味とは感じられなかったが、しかし、福岡のひとが毎朝これがないと朝飯を食った気がしないというのも、いささかわかるのである。

いったい味覚ほど人さまざま、権威というものが存在しない感覚はない。その権威者と目される人——いわゆる食通なる人々がいろいろと書いたものを読むが、それも千差万別である。

ただ共通していることが一つある。それは幼ないときに食べたものはうまかった、ということである。

その人々は、いまの味はおちた、料理に心がこもらなくなったと歎く。僕の眼から見ると、味がおちたのではない。じぶんの味覚が老化したのである。それでなければ、こうまでこの口吻《こうふん》が一致するわけがない。

味覚の老化による意見は実害がないからいいようなものの、こういう現象が他のあらゆる点に発揮されていやしないかと、老政治家の所業など見ていると、ちょっと心配になることもある。

もっとも味覚について語ることだけは、味覚が衰えた人でなければ情熱がないかもしれない。何をくってもうまい青年時代、表現までは頭がまわるまい。過ぎ去ってかえらぬ美味への憧憬や哀しみがあってこそ、読んだだけでもヨダレのたれそうな味覚の表現が可能なのかもしれない。そしてこれは、女性の美しさを語るときも同様かもしれない。……

さて、要するに、味覚は、あらゆる教育にもまして、幼少年時代に決定する。

ところが――このごろは、幼少年時代に食べたものが、いつまでも食べられるとはかぎらなくなった。

カズノコがそうである。シオジャケもばかにならなくなった。現在ただいまでは、海苔もぜいたく品に移行しつつある。そして、僕の思うところでは、おそらく遠からぬ将来に、納豆や豆腐にもおなじ運命が見舞うであろう。

げんにいま、東京では、豆腐を四角にするか、まるくするかで、豆腐屋の組合が両派にわかれ、なぐり合いの大喧嘩をしている。まるい豆腐だと、味はおちるが大量生産がきき、且、保存のきく食品となるのだそうだ。

これに対してジャーナリズムは、どうかというと昔ながらの四角党に味方しているあんばいである。まるい豆腐など食えるかという心意気らしい。しかし、これはそう書く人が老記者だからである。

僕は予言するが、豆腐はかならずまるくなるであろう。そうでなければ豆腐屋が営業的に成りたたないというのだから運命はきまっている。

そして、四角な豆腐を食いたいと思えば、特別に作らせるよりほかはなくなるであろう。それどころか、三角であろうが四角であろうが、とにかく豆腐や納豆は、金持の老隠居の食べ物となるであろう。

すでにその徴候はいまもあらわれている。わが家では毎朝納豆を食ったり、豆腐の味噌汁を飲んだりしているのは僕だけで、女房や子供たちはミルクにトーストである。家族づれで旅行に出かけて、トーストの用意のしてない日本風旅館に泊ると、子供はこまった顔をするくらいである。

需要がへれば、生産者もへってゆく。その果ては、いわゆる珍味、稀少品とならざるを得ない。

さて、オキュートがどこかへいってしまった。そうそう、福岡のオキュートは、東京の納豆とか、海苔とか、豆腐にあたるものであろう（もっとも、福岡だって、豆腐は食べるにちがいないが）。

オキュートの原料は大丈夫であろうか。現在大丈夫かもしれないが、いまもいったように、この世にはいかなる天変地異が起るかわかったものではない。いまのうち、せいぜい食べておきなさいといいたいが、食べられたものが消滅してゆくという悲劇の話をしているのだからそういいかねる。若い博多っ子の味覚に変化は起っていないであろうか。——オキュートの運命やいかに。

六年前、オキュートを食べて、そして僕は、桜と菜の花の咲く雨の中を、博多からひとりで平戸へ旅立っていった。……

ひとり酒

某月某日

例によって、夕五時半から食堂の隣りの十畳のまんなかにぽつねんと坐って、冬枯れの庭を見ながら酒を飲む。

家や家族や、環境は有為転変するが、この時刻に酒を飲んでいることは百年一日のごとく変らない。先年もふと病気して、数日でいいから禁酒するように医者にいわれたが、平然として飲んでいた。

それじゃあ酒をウマイと思ったり、愉しいと思って飲んでるかというと、可笑しくも悲しくもない気持で飲んでいる。ただ放心状態で飲んでいる。その状態がいちばん疲れなくて、それには一人がいちばんいい。そしてほろっとして、あと黙々と寝入ってしまえば目的は達せられるので、酒でもビールでもウイスキーでも、何ならショーチューでもちっともかまわない。

考えてみると、町の飲屋でも同じことだ。どこだっていい。ハシゴをやってなじみの店々に愛嬌をふりまいて歩くなどいう発展性はさらにない。見知らぬ店に入っても、よほどそこがヘンな店でないかぎり、いつまでもそこにへたりこんで、最後まで通す。何かのきっかけで正体を知られると、かえってその店に足がむけにくくなる。要するに面倒くさいのである。——人生の何事に於ても。

で、可笑しくも悲しくもない顔で一人晩酌をしているのだが、そのくせこの時刻以後、原稿の電話などがかかってくるとフンゼンとするのは可笑しい。向うはまだ働いていて、しかも緊急の用件でかけてくるのに、こちらは泰然として酒を飲んでいて怒り出すのは不埒《ふらち》だが、それより、そう熱中して飲んでるわけでもないのに、それが中断されると立腹するのは、われながらわけのわからん心理状態である。

きょうもその時刻、某テレビの某番組に出演してくれという電話あり、フンゼンとして断わる。

某月某日

夕、珍らしく東京に出かけ、築地のふぐ屋にゆく。某雑誌社の人、五人と会食。

乾いた空気の中を歩いていったので、まずはじめにビールを一杯飲ませてくれと頼んだが、この店は格式あり、ビールにふぐは合わないからと飲ませてくれない。何もビールを飲みながらふぐを食おうというのじゃない、水の代りなんだといっても受けつけてくれず。

それから刺身チリ鍋とコース通りに、時間割通りに出て来て、あれよあれよというまに雑炊が出る。

その間、酒を飲むのだが、まあふつうの夕食としては適度の酔いというところだろうが、時間が短いので、飲んだという感じにならない。何だか物足りない。しかし雑炊を食べてからまた酒を飲むというわけにはゆかない。

酒中「ヘソマガリという点だけは山本周五郎に次ぐ」と評されて驚倒する。僕ほど、われながらイタイタしいほどヒトに気を使ってると思ってる人間はないのに。——帰宅後女房にそういったら笑い出した。「あなたほどいいたい放題のことをいって、人をキズツケル人はいない」そうだ。

ふぐ屋を出て、三、四軒バーなるものを練り歩く。あちこちで、雑誌の編集長などがウサをはらしている——と、知らされる。その雑誌にも小生書いているのだが、いちどもお目にかかったことのない編集長が多い。初対面の挨拶というやつがオックーで、かつ向うもウサをはらしていらっしゃるのだろうから、そうですかい、といっただけで寄りつかず。バーのホステスというものは、いや実に丈夫に出来てるものだとつくづく感服。

一時過ぎ、大いに酩酊し、タクシー探せども、おきまり通り多摩までいってくれる車見つからず、寒風の中をさまよい歩き、やっとお情けをこうむって、三時ごろ帰宅。

某月某日

昨夜の大酒と亜硫酸ガス的バーと寒風がたたったか、尿意何だか怪し。三十分おきに走らねばならん始末となり、はては血尿さえ出はじめる。こんなことは初めてだ。医者にゆくに急性ボーコー炎だという。

そこへかねての約束通り麻雀に招いた連中来る。メンバーだけ招いたので、やらないわけにはゆかん。夕食の時刻になったが、酒は飲まず。もっとも僕はマージャン中だけは酒を飲まない。それでなくても、十年やっていてまだ点の数え方を知らないという大味な麻雀が、酒が入るとますます救いのない大味になるからである。アルコールの蓄積作用が中断できるから、麻雀は僕にとって唯一最大の健康法となる。

ところが、百戦百敗の戦歴を持つ僕が、今夜に限って勝って勝って勝ちまくる。何しろ三十分おきに血尿を出しにトイレに走るのだから、みなオチオチと麻雀をしていられないのもムリはない。麻雀は血尿をシタタラせつつやるに限る。

徹夜。朝、熱いうどんを食いながら酒を飲む。不本意なる敗北をとげた一人、憮然として、「ケツネウうどんか」といい、だれかわっと吐き出す。

某月某日

しかし、昔にくらべて飲めなくなった。十数年前にドブロク一升とビール六本、いちどに飲んだことがあるのを思い出すとうたた感慨に堪えない。

まだ独身で、朝万年床にもぐりこんでると、編集者がくる。そこで枕もとにウイスキー瓶を行列させていると、いつのまにか夜になっている。手を携えて新宿にゆき、あとはどうなったかわからない。気がついてみると朝の新宿を、きのうの朝万年床を出たときのネマキ姿のままでフラフラ歩いている、などいうことがしょっちゅうだった。あとで、どこかの酒場で新宿一の親分にカランで、危くドスをお見舞されるところだったゼ――と、同伴者からおどされて、ぶるぶるとなったこともある。

いまは二合の酒を飲んで、子供にカランでいる。今夜も。――

はじめは子供たちが食堂で夕食を食べてるのを、隣りからニコニコして見ているのだが、子供たちがテレビに魂を奪われて、箸がとまったままなのに、だんだん機嫌が悪くなってくる。半分以上も残して「もういらない」と箸を投げ出すのを見るに及んで、

「なぜ食うだけの量を与えない」

と、女房を叱る。

「オテントさまに申しわけないとは思わんか」

で、女房が子供を叱る。子供はワーッ。となりでオヤジはサンタンたる顔で、ガブガブ酒をあおって――それで二合しか飲めんとは、こりゃいったいどういうわけだ！

ばんめし

もうだいぶ以前から、酒をウイスキーに変えて以来、サケのサカナがずいぶん変った。昔は好きだった鍋ものなどほとんど食べなくなり、当然肉食することが多くなった。

その肉だが、焼肉も悪くないが、やはりビフテキがいい。しかも私の場合、フィレにかぎる。チーズもきらいではないので、例のとろけるチーズを牛肉でつつんで焼いて食べることもある。ボルシチなども好きだ。

といって、すべてが洋風になったわけではない。ビフテキも、ニンニクをすったものをかけて、ちょっぴり醤油につけて食うという食べ方をしている。その他、鰻も好きだし、ウイスキーのサカナには特に白焼きがいい。

刺身だって合う。鮨屋にウイスキーのボトルがならんでいるように、鮨もまた合うのである。

その刺身だが、私の場合はマグロかイカ刺しにかぎるので、白身の魚の刺身は好きではない。マグロもトロはきらいになって、いまは赤身のほうが好きだ。イカ刺しは、山陰の生まれで子供のころから日本海のうまいイカを食べてきた名残りにちがいない。ふしぎなことに、焼魚となると、こんどは白身の魚にかぎるのである。

右のごとく、私のサケのサカナはごく通常の、いわゆる御馳走で、特別変ったサカナではない。むしろ、風変りのものは受けつけない。

私は少食のほうだが、こういう次第で栄養はほとんどサケのサカナでとる。あとの飯は、それこそ酒飲みが好むというウニ、シオカラのたぐいで結構だ。

いわゆるウルサ型ではないつもりなので、右のごときサケとそのサカナは――生来の出不精がこのごろますます高じたこともあって――わが家でほぼ満足している。

私の好みも保守的だが、しかし、ふしぎなことに――編集者とうちで、いっしょに飲むことが多いが、中年はもとより若い人々だって、私以上に保守的なようだ。とにかく一風変ったものを出すと、たいてい困ったような顔をする。むしろ、大根、豆腐、里芋、がんもどきなどの煮シメなんてものが出ると大よろこびである。

元来胃袋というものはきわめて保守的なもので、これは一理ある。いまの若い人も、親は大正生れだから、大正時代の味で育てられたのである。その親は明治生れの親に明治の味で育てられたのである。……結局われわれは、少くとも文化文政ごろからのがれられないらしい、と考えて笑い出したことがある。

食はおそうざいにあり

　私はいわゆるショッピングなるものにあまり興味がなくて、従ってショーウインドウなどほとんどのぞいたことがないが、料理店の例の蠟細工？　の御馳走をながめるのは大好きで、中で食事をすませて出てからも、まだみれんげにのぞいていることがしばしばある。

　つまり、食い物には人並以上の興味を持っているのである。いつであったか、うちに来た客で、刺身にソースをかけて平気で食っている人を見たことがあったが、世の中にはこういう人もあるか、これでも人間か、と私はいきどおった。

　といって、実際に私が食べるものはきわめて限られている。好ききらいが甚だしいのだ。かんたんにいうと、メインとなる副食物、サブとなる副食物、汁物類で、好きなものはそれぞれ十種類くらいしかない。

それも、極端にいうと、ビフテキでウイスキーを飲んで、刺身とお新香で御飯を食べればそれで満足している。このコンビネーションは私には最高の食事だと思われるが、ふつうの料理屋でこういう献立で食べさせてくれる店がほとんどないのは、奇怪である。

だからいわゆる日本料理の高級料亭などに招かれると、かえって手持ち無沙汰で当惑する。それにしても馬鹿高い金を払って、ぜんぶあちらのおしきせで唯々《いい》諾々と食う人々の味覚を私は疑う。

私は、自分が好きなものでなくちゃ、食べるのがイヤだ。

と、いばって見たが、さてその好きなものが、あまり上等でない、世にいわゆるおそうざいと呼ばれているたぐいのものが大半なのに気がつく。

実は昔、家内によく「今晩何食べる?」ときかれるので、「何も思いつかないときは、この中の何かを三、四種作ってくれれば文句はいわない」と、紙に品書きを書いて台所に貼《は》ってあるのだが、それを見ると、まるで一杯飲み屋だ。事実私は、高級料亭より一杯飲み屋のほうが好きなのである。

その品書きが、メイン、サブ、汁物、それぞれ十種類前後なのだが。——

まずメイン。——「ビフテキ」「焼肉」「鳥モツ」「豚のしょうが焼き」「生ジャケのバタ焼き」「マグロとイカの刺身」「白身の魚の焼魚」「煮イカ」「タラチリ」「ボルシチ」「グラタン」

サブ。——「大豆と昆布のたき合わせ」「タケノコとワカメのたき合わせ」「ナマリと蕗《ふき》のたき合わせ」「煮シメ」「マグロのやまかけ」「きんぴらごぼう」「ごぼうの精進あげ」「ぬた」「おから」「厚揚げに葱《ねぎ》しょうが添《ぞ》え」

朝食用のおそうざい。——「シラス干し入り大根おろし」「からし納豆」「めざし」「ほしがれい」「オムレツ」「だし入り卵焼き」「煎《い》り卵」「木の芽煮」

汁物類。——「あさり」「大根と油揚げ」「里芋とベーコン」「じゃが芋と豚とささがきごぼう」「白菜に落し卵」「なめこの赤だし」以上味噌汁。「けんちん汁」「粕《かす》汁」「どじょう汁」「くじら汁」

だいたい右のごときものを、とっかえひっかえ組み合わせていると、けっこう飽きがこないようです。

あまり高価なものはなく、ありふれたもので、むずかしい料理はないと思われるが、ただしかし、この一つ一つになかなかウルサイのである。

味の問題以外に、まず材料からして私なりの注文があるのである。たとえば、ビフテキはフィレにかぎる。味噌汁に「あさり」はいいが、代用品として「しじみ」を出されると立腹する。マグロの刺身もトロではなく上等の赤身の部分のほうが好きである。大根おろしにいれる「シラス干し」は、黒みをおびたやつがいい、煮シメにいれる「カマボコ」は「ハモカマ」でないと承知しない、「納豆」も小粒のものでないとイカン――という具合だ。

実際味覚とは微妙なもので、私はビフテキでもソースをかけず、すったニンニクをかけて醬油で食べることにしているが、オムレツとなるとソースをじゃぶじゃぶかける。月見そばとか月見うどんなんて食べたこともないが、スキヤキには生卵がないとうまくない。

平凡素朴に見えるこういうおそうざいの世界も、実はフカクかつキビシイのである。従って、こんなことをいっていると、料理店のショーウインドウをたのしんで見るくらいだから、もともと外食はきらいなほうではなかったのに、高級料亭はおろか、うかつに町の小料理屋にもはいれない状態になりつつある。

ところで私は、最近食い物について世紀の発見をした。右のごとくエラそうな食い物談義をしたくせに、エダマメが大豆だということ、ナンキンマメが地中の根の先にくっついているということを、このごろはじめて知ったのである。特にエダマメのごとき、田舎育ちで、たんぼのアゼに植えてあるのを見て暮してきたのに、いままでそれが大豆だとは知らなかったということを知って、私は驚倒した。よく小説家になったものである。

うどん東西

私は戦争中、二十歳で上京したきり、ずっと東京に住んでいて、生まれ故郷の但馬はそれまでしか知らないが、ふしぎなことに「そば」と「どぜう」(どじょうを東京の有名な店ではこう書く)を食べた記憶がない。どちらも東京に来て、しかも戦後はじめて食べたものだ。

「どぜう」なんか、田舎のたんぼにウヨウヨしていたろうに——実はそのへんもよく知らないが——それを食べる習慣はなかったようだ。それは但馬の「どぜう」がまずいのか、柳川その他の料理法を知らなかったのか、よく分からない。

「どぜう」は少々特殊な食物だけれど「そば」なんて、但馬には出石そばというそばの名所があるのに、いちども食べたおぼえがないのは、ふしぎである。

そのかわり「うどん」はわりに食べた。やはり、そばは江戸のもので、うどんは上方のものなのだろう。

少年時代に母を失ったこともあり、戦争期ということもあって、これといっためざましい御馳走を食べた記憶はない中に、小学生のころ母につれられて鳥取にゆくと、必ずきつねうどんを食べさせてもらったこと、中学時代、悪友とともに、夜、寄宿舎をぬけ出して豊岡の町の映画館にゆき、首尾よくチャンバラを見ての帰り、おきまりのようにある小さなうどん屋にはいって、一本（！）つけさせてうどんを食ったこと、その後町はずれに下宿して、夜ふけになると必ずやってくる屋台のうどんを、食べずにはいられなかったこと——などを、なつかしく思い出す。

その御禁制の映画を見ての帰りのうどん屋だが、あるじは前科のある、頬にきずのあるおやじさんであったが、そのうどんは実にいい味で、それを食べながら一杯きげんで、いま見てきたばかりの映画談義をやっている中学生たちを、少々敬意のこもった眼で見まもっていたおやじさんの笑顔が、いまでも眼に残っている。

また、下宿していたころ、冬、屋台のうどんをふうふうと食べているとき、通りかかった二、三台の自転車の若い衆が、そのあたりは町はずれなので街燈もなく、ただ大通りを横切る電線に、ぽつんぽつんと裸電球がぶら下がっているばかりなのに「おらの村はまだランプっちゅうのに、町じゃこんな道にもかんかん電気をつけとるわ!」と、いまいましそうな大声をあげて走っていった声が、いまでも可笑しく耳に残っている。

そんなせいだろう、私は二十歳以降、もう四十年以上も東京に住んでいるのに、うどんにかぎって、どうしても東京のうどんの味に馴れることができないのである。

町のそば屋で、真っ黒な濃口醤油の汁で騒々しくうどんを食っている連中を見ると、まるでニワトリがけたたましくゴミをついばんでいるのを見るような気がする。私は、汁もさることながら、うどんそのものも、真っ白な、やわらかい上方風のものでないとおさまらない。

あの時代、あんな山国の但馬でも、うどんはやはり上方風のものだったと見えるところがである。だいぶ前のことになるが、ある新聞社のグラフ雑誌の副編集長といっしょに関西旅行をしたことがある。そのときその人は、若いころ何年か京都支局にいたことがあるが、つらくてつらくて、東京に転勤になったとき、ほっとした、と話した。

何がつらかったのかと聞くと、自分はうどんが大好きなのだが、京都のうどんが口に合わなかったから——やはりうどんは、濃い野田醤油で食わなきゃ、食ったような気がしませんな、と笑った。あなたのお国はどこですか、と聞いたら、水戸の生まれで、という返事であった。ナルホド。

人は味に関するかぎり、シャケのごとく稚魚のころに知った味を恋うてさかのぼってゆくものらしい。

私はいまでも関西にゆくと、昼飯はたいてい上方風のうどんを食べることにしている。

ときには、晩飯もうどんにすることがある。京都へいったときはたいてい八坂神社に近い「権兵衛」でうどんを食うことにしているのだが、晩飯には酒がないと物足りないので、近くの京料理屋で酒をのみ、イザ飯となると大速力で「権兵衛」にかけこむという手間までかけている。

「権兵衛」のみならず、ほんのゆきずりの店でも、そこのお婆さんなどが作って出すうどんが、東京の大きなそば屋などのうどんよりいい味を出しているのはふしぎだ。

一汁一菜

飽食時代といわれ出してから、もうずいぶんたったいまごろ、馬鹿げた話だが、私はデパートの地下食品街に立って、そこに満ちあふれる美食の宮殿ともいうべき壮観を見わたして、「はてな、自分は夢を見てるのじゃなかろうか？」と、眉に唾をつけたくなることがある。

ふっと目をさましたら、あのサツマ芋に芋の茎《くき》汁だけ、などいう四十数年前の現実に戻るのじゃなかろうか？　と、ぞっとするのである。

実際、戦中戦後に死んだ人々をよみがえらせて、現代のこういう光景の中に放りこんだら、数分のうちにみんな発狂するにちがいない。

戦争中の食い物は論外だが、考えてみると、戦争が始まる前の食事だって、日本人の食事は、全国的には実につましいものであったのではないか。

それが大正、明治と、さかのぼればさかのぼるほど質素をきわめていたようだ。

漱石など、当時のほかの作家にくらべれば例外的に余裕のあるほうであったが、それでも長女の筆子さんは、夏目家の日常の食事について、「夜は一汁一菜に漬物という献立で」と書いている。一汁一菜の食事をして、胃潰瘍になって死んだとあっては、漱石先生も浮かばれまい。

また勝海舟も、終生金に困らぬ暮しをしていたが、巌本善治の「海舟語録」によると、海舟のところでは訪客に対して、「時刻になれば御膳が出る。御膳は一汁一菜で、これも多年少しも変らぬ」とある。

明治のころは、お客への御馳走も一汁一菜、それが大して異例のことでもなかったらしい筆致である。

このごろ和食のよさが再評価されているが、和食もこれほど質素だと、考えものだ。戦前の日本人が小さく、それにくらべれば戦後の日本人が大きくなった最大原因は食事の差にあると見ていい。

ものごとの思考にあれほど近代的な漱石先生や、大局観にずばぬけていた海舟先生は、どう考えてこんな貧弱な食生活をしていたのだろう。

とはいえ、こんな粗食であれだけのことをやった漱石、海舟にくらべて、美食飽食のわれわれはまさにブタも同然だ、とザンキにたえない。

それはともかく、私は、ビフテキ、チーズなど大好きだが、結局和食が主体となってしまった。それも、少くとも五菜くらいならべないと承知しない。実をいうと私など、量的にも質的にも決して美食家や飽食家などという資格はないのだが、それでも一億総食味評論家時代につりこまれて、ホロ酔いの頭で食い物について、あれこれ散漫な感想をめぐらすことがある。

右の一汁一菜の話もその一つだが、先日は食い物のとり合わせについて考えた。たとえば、スキヤキに豆腐、葱、シラタキ。カツドンに玉葱。ライスカレーに福神漬け。ヒジキに油あげ、イナリズシに紅ショーガ、なんて、だれが考えついたんだろう、など。

そのとり合わせが定着したのは、それが絶妙の配合だったからにちがいない。たとえばスキヤキなど、明治のはじめ牛鍋といったころは、葱だけは入れたが、味噌仕立てで、薬味として山椒《さんしょう》をふりかけたらしいが、やがて肉のにおいに馴れるに従って現代のようなスキヤキに変ったのである。

物事は万事コロンブスの卵で、いまではだれも当然のように食べているけれど、スキヤキにシラタキ、カレーに福神漬けなんて、なかなか出てくる思いつきではない。

もっとも私にはわからないとり合わせもある。ヒヤムギにサクランボ、メロンに生《なま》ハム、なんて、どうしても腑に落ちない。

いや、メロンに生ハムについては、先年ロンドンの日本料理店で、イギリス人二人がメロンに生ハムをサカナに日本酒を酌《く》みかわしているのを見て、待てよ、これは案外いけるかも知れんぞ、と手を打って、その後、このメロンに生ハムをサカナに、ウイスキーないしブランデーを飲んでみたら、これは甚だエレガントな味で、以来しばしば試みて、私なりに納得するに至った。

とり合わせの妙、不都合は、食い物と食器にもあるだろう。

いつぞや明治の新聞に、不似合いなことを悪口して、重箱にライスカレーを盛ったようなものだ、とあるのを読んで笑い出したことがある。

ちなみにいうと、明治十年ごろの神田の西洋料理店で、ライスカレーは一人前十二銭五厘であった。同じころ蕎麦《そば》のモリ、カケは一銭二厘だから、その十倍したのである。

凮月堂のアイスクリームに至っては五十倍の「五十銭より」であった。

料理の天和《テンホー》

　数年前、「銀座百点」の座談会で、「吉兆」で吉行淳之介さんに会ったとき、

「こないだ天和《テンホー》をやられたそうですな」

と、私があいさつした。だれか編集者からきいたか、週刊誌のゴシップ欄で見たかしたらしい。

　マージャンは、十四個の牌をいろいろ組み合わせて手を作る遊戯だが、最初に配牌されたときからもう完成しているのを「天和」といい、まあ一種の奇蹟ともいうべき現象で、私など何千回か何万回かマージャンをやって、いちども経験したことがない。

「すごいですな」

　といったら、吉行さんは、

「すごいもすごくないも、はじめから出来上っちゃってるんだから」

と、苦笑していった。

この吉兆で出された日本酒の吟醸酒がうまくてうまくて、私はウイスキーをオンザロックで飲むのを習いとし、だいぶ前から日本酒は飲まない習慣だったのだが、この日はその吟醸酒ばかり飲んで、せっかくの吉兆の料理にはほとんど手をつけないというていたらくであった。

たとえ食べたとしても、一方で座談会という用件をひかえて、はたして心ゆくまで吉兆の料理が味到できたかどうか。

美食の条件は、その料理の味や新鮮さだけではない。

何よりもまず、そのときの体調が良好で、かつ空腹であることが最大の条件だが、それ以外にも、精神がリラックスした状態であること、環境が一応好ましいこと、接待が不愉快でないこと、などが望ましく、その他食器の好みからそのときのお天気までかかわってくる。

だから、世に食味評論家と呼ばれる人々や、テレビのグルメ番組に登場するタレントなど、ほんとうに味を満喫しているかどうか疑わしい。右の条件がすべてそろっているなどということはまずないだろうと思われるからである。

だいいち食味評論家なら、そのとき食べたものを、その種類や材料や料理法や味の印象をいちいちメモしなければ成り立たないのだから、一意専心、味覚の世界に没入できるわけがない。私はあるとき、自分の毎日の食事をメモしてみようと思い立ってやってみたことがあるが、種類だけならべるごく簡単なものなのに、半月で降参した。きくところによると、池波正太郎さんは何十年かにわたり、毎日の献立を記録されていたそうだが、さすがだと思うと同時に、そんなことをしていちゃ、とうてい長生きできる道理がない、とも思う。

ああ、それからもう一つ条件があった。それはその料理が自分の好きなもの、またそのときに食べたいものであることだ。

私は食物にけっこう好ききらいがあるほうで、日常その好みに従って食事している。食いたくないものは食わない。——考えてみると私の人生もその通りで、やりたくないことはやらない、という方針でやってきたんですがね。はは。

私の献立表の記録によってみると、何らひとに自慢できるような大美食、珍味料理は一日もないが、自分としてはその日その日に食べたいものを食べているのである。が、こういう日常の食事とか、あるいは外に出て、きょうは鮨《すし》が食べたいから鮨を食う、そばが食べたいからそばを食う、などいう食事はのぞき、偶然めぐりあうことになった店で、出るものは向うさま次第という日本料理を食べて、いまも印象に残っているのは、考えてみると三軒しかない。

長い間には、いろいろと有名料理店の味も味わったけれど、その三軒はそういう店ではなく、ごく大衆的な伊豆のある温泉旅館と、山陰但馬の海岸観光地の料亭と、茨城県の田舎町の主人が庖丁をにぎる飲み屋なのである。

しかも私は、右のごとき無精《ぶしよう》から、どんな料理が出たのか記録もとらず記憶にもない。

それなのになぜそんなに感心したのかな、と、われながら首をひねっていたが、そのうちはたとそのわけに気がついた。

つまり、そのときの状態が前記の諸条件をほぼ叶《かな》えていた上に、その料理が、前菜お新香のたぐいもふくめれば少くとも十種類以上はあるだろうが、出されたものが一品残らず私が好きで、しかもそのとき食べたかったものばかりだったからなのであった。

これは、ありそうで珍らしい。特に私のように好ききらいのある人間にはほとんどあり得ない――一生涯にいまのところ三度、というほどの印象を残したのにちがいない。

つまり、私にとって料理の天和《テンホー》であったのだ。

そばとうどんに猫と犬

そばvs.うどん＝俳句vs.短歌＝猫vs.犬。

これがふだんから私の頭にもうろうと浮かんでいる等式だ。もっとも私だけが感じている式かも知れない。

中央道の長坂インターからはいったところに一軒のそばやがある。何でも昔は東京の杉並区に店をひらいていたそうだが、主人が正真正銘ほんとうのそばを作りたいと思いたって、信州そばの地元に移り、本格的にそばを栽培することから始めた店だという。

長坂インターからといっても目と鼻の距離ではなく、しかも相当わかりにくい道をたどってゆくと、畑と松林のなかにぽつんとあるのだが、決して観光地のそばやのような白壁と黒い柱のものものしい店構えではない。それが松林に行列ができるばかりの盛業ぶりである。

はいると入口で帳面に名を書かされて、待合室で待機させられる。食べ終えた客が出てゆくと到着順に入ることを許される。店の壁には「禁煙」とかいた貼紙がある。出るのはざるそば一種だけらしい。

それをみな黙々と、神韻ひょうびょうたる顔でいただいているのだが、まるで禅寺のようだ。

それなのに、また別に宣伝もしないのに、口コミで客は次から次へおしかけるのである。世にそば好きの人は多いものだなあ、と今さらのように感心しないわけにはゆかない。

さて、そばとならんで、世にはむろん、うどん好きの人がいる。家庭ではうどんを食べる人のほうが多いかも知れない。

が、店に行列してまでうどんを食べる人がそんなにあろうとは思えない。また私の家で酒盛をして大酔したあと、ざるうどんを食うことがあるが、ときに、このうどんの繊維《せんい》のねじれ方は云々と講釈する人があるけれど——この人は讃岐《さぬき》の人であった——ふつうにはうどんの味を云々する人はない。

どうも人は、うどんよりそばの味のほうにこだわるような気がする。

お話代って、俳句と短歌の比較である。

私は俳句など一句も作ったことはないし、また作ろうとも思わない。――というのは強がりで、実は作れないのだが。

それでも何かのはずみで俳句の雑誌をもらうことがあり、それに眼を通していつも驚く。

古句はもとより、現代の有名俳人、はては仲間同士の句を評釈するのに、その讃辞の――よくいえば情熱的、悪くいえば誇大妄想的なこと――おそらく作者にとっても思いもよらぬ深読みをして論じている。この「や」は人類はじまって以来の衝撃的な「や」であるとか、この「けり」は二十世紀と二十一世紀をつらぬく棒のごとき「けり」である、とか。――

短歌のほうは、これも一首も作れず雑誌を読んだこともないが、これほどではあるまい。いや、同様のありさまかも知れないが、なぜか私は俳句の世界に棲む人のほうが狂熱的なような気がする。昔から俳句や短歌に凝《こ》って身上《しんしょう》をしまった人の話をきくが、それは俳句のほうがずっと多いような気がしている。

それから、猫と犬である。

私の住んでいる町を散歩すると、以前は往来によく雀や鳩や野鳥が下りていたものだが、いつのころからかめっきりその姿を見かけなくなった。代りに猫が寝そべっていたり、ノソノソ歩いていたりする。猫を飼う家がふえたのだ。

絶対主人に忠誠をつくす犬と、馴れ馴れしいくせによそよそしい猫と――犬好きな人は猫のそういう性分がきらいだといい、猫好きな人は犬のそういう性分がきらいだという。

両方飼っている家もあるだろうが、たいていは犬好きな人は猫を好まず、猫好きな人は犬を好まないようだ。

どういうわけか私は、男性はおおむね犬を好み、女性はおおむね猫を好むように思う。

そしてまた、どういうわけか私は、猫派の愛情のほうが犬派の愛情より甚だしいような気がする。だいいち犬を何匹も飼っている人はそんなにあるまいが、猫なら五匹、七匹、ときには十何匹も飼っている人は珍らしくないのではないか。

私の独断によれば、以上あげた似たもの同士の組合せのうち、それぞれ前者のほうが、つまりそばと俳句と猫のほうが、のめりこみの度が深いような気がしてならない。

とはいうものの、そのわけが私にはわからない。

辛い大根

野菜のなかで、この世に無いといちばん困るもの、ときかれると、私は大根と答える。

おでんにしても味噌汁にしても漬物にしてもそれぞれうまいが、なかでもシラスボシと大根オロシの組合せはお惣菜の中の傑作であると思う。

その味、そのすずやかさ、おまけにオロシは、ジアスターゼという消化酵素までふくんでいる。

それはどんな料理の本にも書いてあるだろうが、ふだんから私がふしぎに思うのは、大根オロシになるまえの生《なま》大根にもジアスターゼがあるだろうに、そんなことは一行も書いてないことだ。

生大根だって刺身のツマには必ず出てくるのだが——それとも大根はスラれること

によってはじめてジアスターゼが発生するのだろうか。

それはともかく、八百屋へいって積みあげられた大根を見て、

「それ辛《から》い?」

と、きくと、八百屋は必ず昂然として、

「いえ、全然辛くありませんよ」

と、答えるのを常とする。

青首《あおくび》大根ばかりだからである。

世のなかには辛い大根を敬遠する人が多いらしい。

いや、みんな辛さ恐怖症ばかりだから、八百屋がかんちがいして辛くない大根を推奨するのである。

私は犯人は台所をあずかる大根足のむれにあると見る。

かくて八百屋の大根は青首大根ばかりになった。私から見れば、辛くない大根なんて、食べる意味がないと思うのだが。——

きくところによると、昔、信州ではそばを辛い大根オロシで食べたという。

志賀直哉は若いころ信州上田のそばやにはいって、

「蕎麦《そば》は黒く太く、それが強く縒《よ》つた縄のやうにねぢれてゐた。香《か》が高く、味も実に

うまかつた」

と、そばの方は絶讃しながら、

「ただ汁がいかにも田舎臭く、折角の蕎麦を十二分には味はしてくれなかつた。東京の蕎麦好きが汁だけ持つて食ひにくるといふ話は尤《もつと》もに思はれた」（「豊年虫」）

と、汁の方には不満をのべている。

してみると、これが書かれた昭和初年には信州でもそばの店ではまずいながらふつうの汁で食わせたらしいが、私は右のようなそばを辛い大根オロシで食べて見たい。ところがいま信州にいってみると、これまた青首大根ばかりになっている。日本じゅう青首大根の氾濫だ。昔の辛い大根はどこへいった。

辛大根の残党よ、よみがえれ。

Ⅲ 読書ノート

挫折した人間としてとらえる――『真説宮本武蔵』(司馬遼太郎)

徳川初期の、五人の豪傑たちの物語り。

むろん作者は、この豪傑たちの講談的武勇伝を避けて、それぞれ豪傑にはちがいないが、彼らを挫折《ざせつ》した人間として見て描いている。

「宮本武蔵」は、せめて一軍の将たらんことを望みつつ一介の剣人として終わり、最後には侍大将の甲冑《かっちゅう》をつけたまま路傍に埋葬されるし、「花房助兵衛」は、せめて一万石の大名たらんことを願いながら七千石にとどまり、あと三千石を求めて、戦いの終わった大坂役の戦野を骨と皮になって老衰した肉体で這《は》いまわる。「可児才蔵」は一修験者の催眠術(?)にかけられて、じぶんを将軍地蔵の化身であると信じている傀儡《かいらい》として描かれ、「飯田覚兵衛」は武人たることをいといながら、幼童時代の約束に縛られて、加藤清正の家来として一生をささげてしまう。

ただ、不本意な生涯を終わらなかった人間として描かれるのは「木村重成」だけで、これは、もちろん敗北必至の大坂城のために、覚悟の討ち死にをした若武者だが、彼とて首を討たれるのは、七十を越えた老人と十七歳の少年のためにである。前の四人を、さまざまなタイプの職業軍人とすれば、これは、学徒出陣の特攻隊というところだろう。ところで、この時代の武将を、のちの儒教道徳の眼鏡を通して見ることの、誤っていることはいうまでもないが、さればとて現代の作者が顔を出すと、海音寺潮五郎氏の「ぼくはこう見る」式の史伝となる。作者はそれを避けて、同時代の人間に、彼らの人間像を語らせる手法をとっている。

武蔵を語る老いたる牢人《ろうにん》、花房助兵衛を語る出雲の歩き巫女《みこ》。可児才蔵と飯田覚兵衛を語るそれぞれの妾《めかけ》。木村重成を語るお伽《とぎ》衆などがそれである。

作風には凛乎《りんこ》としたものがあり、清爽《せいそう》なものがある。ただ対象が豪傑であるためか、やや大ざっぱなところがないでもない。

ところで、作家を何々派と動植物学的に分類するのは私はきらいだが、批評する側にまわると、やはりそうしたくなるからふしぎ千万。その見地からいうと、時代小説を推理小説式に、大ざっぱに本格派と変格派にわけると、この作者は、やはりオーソドックスな本格派に属する人のように思われる。

人生の本――『漱石書簡集』

自分の書くものとあまりにかけ離れているので気恥かしいが、最大の愛読書にはちがいない。

これほど一生を通じて誠実で、暖かみがあって、風流でユーモアのある手紙をかいた漱石は、やはり最大の（というより特別例外の）日本人であると思う。到底この人が精神病の萌芽を持っていたとは思えない。

大正三年十一月から十二月というと、あの沈痛甘美な「こころ」と平明温雅な「硝子戸の中」の中間にあたるが、このときの日記を見ると、漱石は完全な精神病である。この時期における書簡を調べて見たら、さすがの漱石も大分不機嫌であった。ついでにいえば、漱石がロンドンに留学していたころはシャーロック・ホームズが犯罪を求めて二輪馬車で駈けていたのとちょうど同じ時期にあたっている。

書店的書斎の夢

数年前出してもらった「滅失への青春」と題する昭和十七年から十九年に至る私の日記がある。

その日記のはじまりが、昭和十七年十一月二十五日となっている。

当時私は二十歳で、それ以前日記をつける習慣はなかった。それがどうしてこの日からつけ出したのか自分でもわからなかったが、最近ふとそれに思い当った。それは十一月の末、書店の店頭で新しい日記が売り出されているのを見て、つい買ったのがそのきっかけなのであった。

それが、けんらんたるいまの書店の時代とは意味がちがう。昭和十七年というと、もうほとんど目に立つような新刊本がなくて、その日記だけが馬鹿にはでに目につく状態であったから、受動的にふと買う気になったのである。事実その翌年ごろからこの種のものも一段と粗悪になり、翌々年ごろには店頭に姿も見せなくなってしまった。

この雑誌（編註・「日販通信」）は新刊の書店のための雑誌なのだが、とにかくそういうわけで、青春時ほど本を買う時代はないが、その青春のころの書店というと、私にはむしろ古本屋のほうの印象が深い。まあ、青年のころ大変本が好きだった男の話として読んでいただきたい。

そのころ私は東京のあちこち下宿を変ったが、新しい町へ移るたびに何より早くおぼえたのは、食堂と古本屋のありかとそのよしあしであった。

食堂はいわゆる外食券食堂だが、そのよしあしとは、うまさまずさではなく、丼一杯の飯の盛りかげんできまった。がいしていえば、おかみさんより亭主の盛ってくれたほうが盛りがよかった。古本屋のほうはむろん古本を買ってくれる値段の上下だが、これも同様の傾向が感じられた。

どっちにしても、飯なら匙一、二杯、本なら十銭二十銭という微妙な差だが、それが死命を制するほど重大問題で、実に敏感にその差をかぎあてたものだ。

古本屋で本を売って、その足で食堂に駈け込むこともしばしばあった。逆にまた、その乏しい食事を割《さ》いて、夢遊病みたいに本を買いにいったこともあった。

だから私は、いまでも、どんな上等な家具でも、古道具屋から買って来た品物など拒否するほどケッペキなくせに、古本にはふしぎに不潔感をおぼえない。

それどころか、出来るなら自分の書斎を、古本でもいいから——新しい本でも家に置いておいたとたんに、古本になってしまう——とにかくドッシリした豪華本ばかりならべた書棚を、大きな本屋そっくりの規模で四周にめぐらしたものにして、その中に坐っていたいというのが夢である。

本ほどりっぱな「家具」はない。土地成金がよく本を目方《めかた》で買ってならべるという笑い話があるが、それでも、コケオドシの鳥の剝製や、徳利をぶら下げた狸の焼物や、俵にのった大黒さまの買物にまさること数千倍だと思う。

ところで新刊の本屋さんの話ですがね。

一般の読者は、書棚にめあての本がなければそのままあきらめてしまうようです。注文して取り寄せることが出来るということを知らないようです。だから本屋さんは、いろいろ面倒なこともあるでしょうが、本屋の義務だと考えて、その手数をいとわず、かつ店内のあちこちに、そういうことが出来るということを、貼紙でいいから客に教えてやって下さるといいと思う。

私はずいぶん前に出た本を、そうして取り寄せてもらっている。

『幻景の明治』（前田愛）

明治二〇年四月二〇日、永田町の首相官邸で大仮装舞踏会がひらかれて、百鬼夜行の宴をくりひろげたが、四月二八日から各新聞に奇怪な記事が掲載されはじめた。首相の伊藤博文が、美貌のうわさのたかい戸田伯爵夫人に、当夜けしからぬふるまいに及んだという事実をほのめかすスキャンダルであった。時の警視総監三島通庸は激怒して、これらの新聞を発行停止処分にし、この記事のニュース・ソースの捜査を開始した。果たしてこの情報提供者はだれか——というのが、本書中の「三島通庸と鹿鳴館時代」である。

明治三八年九月五日、日露講和条約に不満を持つ三万の民衆の国民大会が暴発して、内務大臣官邸、国民新聞社、及び各所の警察、交番などが焼き打ちにあった。それは一見、近代における最初の大規模な歴史的民衆暴動に見えるが、しかし視点を変えれば、これは怒り狂う民衆のエネルギーが、右の襲撃対象のみに向かい、そこで燃えつきてしまったともいえる。果然、どの現場にも、群衆を煽動し、誘導した一群の壮士があったが、彼らの正体と意図は何であったか――というのが、「日比谷焼打ちの『仕掛人』」である。

そして読者は、その「真犯人」と「動機」を知らされて、だれでも「あっ」という。それは推理小説における最も意外な犯人と動機に、みごとに（みごと過ぎるくらいに）適合する。

また、「元田永孚と教育勅語」では、一見ただ国民道徳の規範と見える「教育勅語」が、その実、当時、民権運動の復活を畏怖した井上毅ら内務官僚の発想と、徴兵制度を盤石たらしめるため国民の「淳風美俗」を保守したいという山県有朋ら軍部の希望から、みごとに、その政治的効用にかなうべく内容や文章が改められてゆくいきさつが示される。

さらに「『維新』か『御一新か』」では、明治新政直後、民衆の間に世直しの期待をいだかせる「御一新」という名で呼ばれていたものが、いつのまにやら、もっともらしい、そらぞらしい「維新」という言葉にペンキを塗り変えられていった経過が述べられる。

以上、このエッセー集は、「権力の謀略」について語られた文章が主調となっている。しかも、その権力側の謀略や変心やスリ変えが、ただ想像ではなく、いろいろな文書による事実をあげて「ほんのとるに足りない歴史の細部を見直すことによって、思いがけない広がりを見わたせる」（著者の言葉の要約）結果となっている。

これらの権力の謀略、とくに伊藤のスキャンダル、日比谷焼き打ち事件などに対する著者の推理が、果たして的中しているか、それとも一種の「推理小説」であるかどうかは別として、これに類した事実はたしかにあり、かつまたそれは明治以前にも以後にも存在したことであろう。しかし、「明治」には、それらと異なる特徴があるように思われる。

明治は日本の歴史上、一面もっとも栄光にかがやいた時代であったが、同時に闇もいっそう深かった時代であった。それは新権力者たちの目的充足欲が、国家的にも個人的にも、原始的なバイタリティーを持っていたことから生じた。おそらくそれは、新しい権力者たちが、それ以前の世襲制度による人間ではなく、また、それ以後の、いわゆる「大学出の秀才」（陸軍大学、海軍大学を含む）が、エスカレーター式に指導的地位についた人間でもなく、大半が下級士族の出身で、よかれあしかれあらゆる人間的な能力をふりしぼり、血の雨くぐって権力の座をつかんだ連中だからであったろう。

これは権力者側ではなく、逆にアウトサイダーの標本、例の村岡伊平治が、誘拐した女たちに向かって、「皆さんが日本国民として顔むけ出来ないありさまを気の毒に思い、あなた方を真人間にして国家百年の大業にたずさわらせてあげたい」と、ぬけぬけと演説し、天皇陛下万歳を三唱させて「からゆきさん」として売り飛ばした話が「陰画の街々」にも紹介されているが、この怪論理こそ、そっくり明治の権力者のほしいままにしたものであった。

しかも、二葉亭四迷が、「お国のために」彼みずからウラジオストクに女郎屋を経営したいと本気で考えたように、国民側もまたこのような怪論理を疑わず、素朴に、熱狂的に「義勇公に奉じ」たところに、明治の凄まじさ、いとおしさがある。

ただしかし、たとえば高橋お伝や夜嵐お絹などを、民衆のエネルギーが抑圧され、懲罰されてゆく過程の犯罪的な形象であるとか、自己の欲望をもっともドラスティックなかたちで解放しようとした「新しい女」であるとかまでに評価するのはどうだろうか。あれくらいの犯罪はいつの世だってある。犯罪に関するかぎりは、現代のほうがもっと凄い女がありはしないか。むしろ小金欲しさに客を殺した売春婦や、痴情のために旦那を殺した市井の妾が、「たった一人」を殺しただけで稀代の毒婦の典型のようにその名を刻印されたことのほうに、明治の民衆側の自己規制のきびしさを私は見る。

『はみだした殺人者――当世犯罪巷談』（石田郁夫）

昭和四〇年代に、実際に起こった一〇件の殺人事件のルポルタージュである。被害者は、トルコ嬢、売春婦、小金貸し……のたぐいで、加害者も、工員、ヒモ、失対作業員……などで、大久保清のようなスターは登場せず、著者の言葉によれば「底の方で這いまわる小民の生と死の具体をさぐる」犯罪の記録である。

この中の「連続老爺殺人事件」は、関西各地で、乞食同然の暮らしをしている老人ばかりを連続して殺して歩いた「殺人鬼」の事件で、これは当時わりに騒がれたから私にも記憶があるが、あとは地方に起こった事件のせいもあって、ほとんど記憶がない。

みな陰惨きわまる事件だが、おそらくだれでも三面記事で一、二度読んで、すぐに忘れていったであろう市井の犯罪例ばかりである。

しかし著者はいちいち現地を訪ねて、被害者、加害者および事件をめぐる関係者の人間像から過去までを――それぞれの「女の一生」「男の一生」を掘り起こす。

そこに現れるのは、当然ながら、どんなに一見愚かに見える被害者でも、あるいはどんなにむごいことをした加害者でも、やはりそれなりに懸命に生きようとしていた人間であったということや、あるいは自分でもどうにもならぬ運命のベルトコンベヤーに乗せられていた人間であった、という事実だ。

たとえば、「千葉栄町トルコ殺人」で、客に殺されたトルコ嬢は、最初はうら若い看護婦であったが、たまたま恋愛した入院患者が町のチンピラであったために、いつのまにかトルコ嬢に転落してゆく。それでも彼女は札幌で小さな喫茶店をひらく夢をいだいて、その資金作りに懸命にはげむ。

そのファイティング・スピリットがあまりにも旺盛であったために、たった千円のサービス追加料のことで、律義で小心な製鑵工に殺されることになるのである。「はぐれ娼婦の横死」の被害者たる前橋の売春婦も、あまりに商売熱心が過ぎて、ヒモ志向の男の「無銭性交」を断固拒否し、争いのはずみに殺されてしまう。「元坑夫の後家殺し」の筑豊の後家も、シッカリ者過ぎて、たまたま情交した男に、娘の高校進学資金を出してくれと強硬に請求して絞め殺される。「姐御リンチ殺人事件」の名古屋のスナックママも、死に物狂いの商売熱心から、相手もあろうに、ホステスのひきぬきに来た暴力団の姐御をリンチして殺す羽目になる。

では、加害者はどうかというと、これら闘魂にみちた被害者に対して、不幸に生まれついたとしか思えない過去を背負い、その重みにうちひしがれて小心になり、律義にさえなった男が多い。

たとえば右の「元坑夫の後家殺し」の犯人も、かつて糞食いの精神病の弟を長年扶養しているうちに、この弟をあわれんで兄の彼を責める母親を誤って殺し、さらにこの悲劇を招いた張本人たる弟も殺した過去を持つ男だが、その生活信条は人さまに迷惑をかけてはならないということであり、いったんその母親の死体をボタ山に埋めたといいながら、それを全部掘り返すという警察の出費を気にして、たちまちほんとうの死体隠匿場所を白状するような男である。

また「夫婦交換殺人事件」で、一方の夫を殺した今治の男は、四角関係の中ではいちばん気の弱い弱者であったのが、追いつめられて最後の爆発を起こした事件であるし、その一〇の事件中、最もプロ的な「連続老爺殺人事件」の犯人古谷惣吉にしても、幼時、母に死なれ父に捨てられて天涯孤独となり、生きるためには泥棒しか法はなく、一六歳のときに刑務所に入れられたのを皮切りに、以来三四年の人生のうち三〇年は刑務所にいたという人間である。

この古谷を除けば、あとの加害者たちはなぜ自分が殺人をひき起こすような運命におちたか、あとでみずから茫然としたであろう人々ばかりである。「はみだした殺人者」という題名の意味もいくぶんかそこにあるだろう。

そしてまた殺された人々も、なぜ自分が殺されるような羽目になったか、あの世で訊《き》かれても首をひねったにちがいない人々ばかりである。

しかし、事実としてそういうのっぴきならぬ運命におちてゆく、小さな、暗い、しかし重い人生の幾塊かがここにある。そして、これは別世界の愚行では決してない。殺人は起こさないにしろ、膜一重をへだてたわれわれの世界にも起こり得ることである。

著者はこれらの登場人物の一人一人に身を寄せて、その心理、一挙一動を意味づけてゆく。おそらく著者がこれを書いた理由の重点は、この解釈にあるのだろう。

ただ、これは小説ではなく事実なのである。事実をそのまま述べて、あとで著者の解釈があれば、それについての当否の意見が読者に浮かぶだろうが、これは事件の進行につれて、いちいち登場人物の心理や行動についての意味づけがしてあるので、いったん途中で「……そうともかぎらんじゃないか」という疑問が生じると、あとシラケさせる危険もないではない手法ではあるまいか。

横着な読書

少年のころから横着な私は、きらいなことはやらないことにきめていた。で、いわゆる勉強はがいしてきらいだから、寝ころんで本ばかり読んでいた。その本も、きらいな本は見向きもせず、好きな本ばかり無目的に読んでいた。

その好きな本というのが、学校では全然役に立たない本なのである。だから、雑学の大家にはなったけれど、入学試験などの役には立たないので往生した。

が、結局、好きでおぼえたその雑学が、学校でおぼえた知識よりずっと身について、後年私の職業のためには根本的に役に立ったのである。

いまでも私は、好きな本を読んで暮らしている。ではそれが現在の仕事の役に立つかというと、それがやはり無目的で、当面の役には立たない本ばかりなのだからおかしい。

私の本の買い方

　実は私はあまり本屋にゆかないで、新聞の広告を見て、欲しい本をメモにかきつけ、十冊前後たまるとハガキで知り合いの本屋に注文して、まとめて配達してもらうことにしている。それはここ二十年ばかり多摩丘陵の上に住んでいるせいだが、また、別に、何かのはずみで本屋に立ちよっても、そこにならんでいる本があまりにぼう大で、自分の欲しい本を探すのに絶望感をおぼえ、かつまた、「わーッ、この中から自分の本も買ってもらうのか！」と、はじめから生存競争の恐怖心にかられるからである。

　しかし、この方法だと、小出版社の本など、かえってまちがいなく手にはいるようだ。

　だれもがこういう方法をとるわけにはゆくまいが、しかし、本屋の棚を一応探してみて望みの本が見当らないと、すぐにあきらめて立ち去る人が多いのではないか。こういう人々のために、書店では、本代を前払いすれば注文によってとりよせる労をいとうべきではなく、また、そのことをあちこち貼紙その他で客に知らせてやるべきだと思う。

『世阿弥』（責任編集・山崎正和）

私は、テレビ以外に実際の「能」をいちども見たことがない。ただ何となくその機会がなかっただけで、興味がないわけではなく、それどころか、以前からもっとも気にかかっていたことの一つで、そこで去る夏、蓼科に避暑にゆくとき、「能」や世阿弥、室町時代についての本を十何冊か持っていった。

むろんほんものの「能」を知らないのだから、世阿弥の花伝書を読んでもよくわからないことはいうまでもない。が、そういう人間にも最も適切な知識を与えてくれたのは、やはり山崎正和氏の「変身の美学――世阿弥の芸術論」その他の文章であった。

それもさることながら、いちばん驚いたのは――実ははじめて知ったことではないが――それでも改めて驚いたのは、世阿弥という人物が、明治の末までほとんど世に知られず、はては実在さえ疑われていたらしいことである。花伝書は、あるいはバラバラの写本として、あるいはダイジェストとして一部に伝えられてはいたが、多くの能楽師や観能の人々の頭に、世阿弥という人間はもとより、この世界最高の芸術論の存在は影を落していなかったようだ。

彼が一般に知られたのは、明治四十二年吉田東伍の「世阿弥十六部集」が刊行されて以来のことだが、たとえば漱石など、みずから謡いをやり、いろいろと能や謡曲について感想をもらした文章もあるのに、その中に世阿弥のゼの字もない。それ以後だって、大正十五年に出た厖大な「大日本人名辞書」に至っても、なお世阿弥はもちろん彼の本名観世元清《もときよ》の名は見えない。

親鸞が大正期まで実在を疑われていたのと相ならぶ史上の怪異だ。つまり中世から近代へかけて、日本の能楽師や能ファンは、世阿弥を知らずして能を演じ、観賞し、日本の門徒は親鸞の実在はさておいてナムアミダブツを唱えていたことになる。——

それからまた私にとってもう一つの怪異は——日本の文化は、時代によってそれぞれ特徴を持っているけれど、その芸術的な高さという点では室町が第一ではないかと感じられる。が、周知の通り室町は下剋上の、どうしようもない乱世である。——常識的には民衆の泰平あっての文化、芸術と思われるが、してみると平和や民衆と、文化、芸術とは無関係の場合もあるらしい、ということであった。それどころか、室町の芸術は、民衆や平和とは無関係であったからこそ、あの高さを作り得たのではあるまいか。——

そんなことを考えながら、蓼科の山中で二ヶ月近く、薪風呂の薪を切る以外は、ただ能の本ばかり読んで暮した。四界はただ蟬しぐれに満ちていた。

単調な生活に飽きると、山を下りてドライヴに出かける。ある日、高遠の町へいった。

高遠の町は山ぞいに寺がならんでいる。その一寺へ上る高い石段の傍に亭々と立っている古木の名を、ちょうど上から下りてきた老人にきいたことから、石段にいっしょに腰を下ろして老人の身の上話を聴く羽目になった。

老人は遠い昔戦争から戻ると、東京の家族はみな戦災で死に絶えていて、しかたなく高遠の縁者を頼ってきた人で、それ以来コーモリ傘直しで近郷をまわって暮してきた人だという。その苦労話を聴きながら、私が眼下の町を茫然と眺めていると、老人はいつのまにか消えていた。まるで世阿弥の能によく出てくる旅の法師さながらで、なんだか「高遠」という謡曲が出来そうな気がした。

『露伴随筆』（幸田露伴）

「一口剣」や「五重塔」などは、いくら何でも古めかしく感じられるけれど、「運命」「幻談」「雪たたき」などを読むと、露伴という人は、神か魔かと思う。しかも「幻談」に至っては口述筆記であったと知ると、うならざるを得ない。

その露伴随筆をひもとくと、やはり神魔のすさびとしか思われない。また一面、露伴が伝染して、「大牢の滋味」なんて難しい言葉が浮かんでくる。

滋味はあるが、しかしときどき、なぜかドキリとさせるような人間洞察の語がまじる。

「男の子は母の気質才徳を禀《う》けて生れ、女の子は父の気質才徳を受けて生るとも定まらざるべけれど、十に六七までは男の子は母に肖《に》、女の子は父に肖るなり。されば世に名ある人々の母を見るに、多くは勝気甚だしく、夫をも剋《こく》しかねまじきほどの気象の人にて、温順婉静のいとやさしき人は十の三四に過ぎず。験《ため》し見るべし、好き児を得んとおもはば、昔より云ひ伝へたることながら必ず賢き女を娶《めと》るべきなり」

たいていの論を読んでも聞いても「……なに、そうとは限らんさ」と眉に唾をつけるのが私の悪癖だが、こういう論を露伴の口からきくと、ううんとうなり、なるほど思い当るワイとうす気味悪くなる。どうやら優秀児を得るためには、いわゆる悪妻の見本のような奥さんを持たなければならんらしい。

また、河豚《ふぐ》についての話だが、私はべつに河豚ぎらいではないけれど、世の人々が美味の極北のように珍重するほどうまいとは思わない。刺身でもチリでも鯛のほうがうまいと思う。果然、露伴いわく、「河豚は生命の危きをも忘れて、或いは人の食ふものなれど、左まで美味にはあらず」。

食い物の好みなど、人それぞれでどうでもいいのだが、ほかならぬ露伴にこういってもらうと、やはりそれ見たことか、といいたくなる。そもそも露伴は、日本料理でも、中華・フランス料理でも、真の意味での大通人であった。

それからまた露伴はふと、平賀源内は性的欠陥者ではなかったか、というような言葉をもらしている。

いったいどういう根拠でそんな見解を打ち出したのだろう？　またどういう性質の

欠陥者なのか。——源内の「長枕《ながまくら》褥合戦《しとね》」などの度はずれた春本を読んでの洞察であろうか。——その機微はよくわからないが、この見解は何となくぞっとさせる。

ところで、現代露伴を読む人はそうたくさんはあるまい。いや、読める人がいないのである。そこで、私のような娯楽作家ですら嘆息して感あり。

作品は歳月の間に淘汰されて、いいものだけが残るというのは真実ではない。淘汰されて悪貨ばかり残るのは、作品だけではなく、読者もまた然りなのである。

『活動写真がやってきた』（田中純一郎）

日本での映画発祥のころの話に興味があって、そのたぐいの本に気がつくと買い求めてたのしみにしている。これもその一つで、同じ著者の大著「日本映画発達史」（全五巻・中央公論社）の裏面史ともいうべきエピソード集でなかなか面白い。

それにしても残念なのは、誕生期の——大正から昭和初期に至る日本映画が、ほんの偶然で残った数作を除いてすべて消滅していることで、保存技術の劣悪だったためもあろうが、それより製作者はもとより国家にも、てんで保存意欲がなかったせいである。

条件が悪かったといっても、欧米ではみんな残してあるようだし、げんに日本でも数作は残っているのだから、結局はその気がなかったためだろう。

それには、製作者がはじめ、いわゆる見世物師、興行師のたぐいだったゆえもあると思われる。――それで、作品はおろか、彼ら自身の世界もあとに残らない。放っておくと、歌舞伎の発祥が歴史の雲霧につつまれているのと同様の事態になったろう。

それをこの本の著者は、骨身を惜しまず関係者を訪ね歩き、貴重な聞き書きを作りあげられた。この本に書かれているエピソードはみな面白いが、中でも私にとって意外であったのは、この初期映画史に佐藤紅緑と斎藤五百枝《いおえ》が姿を見せていることであった。

私の知っている御両人は、昭和初期の「少年倶楽部」における、剛毅熱血の少年小説と、清新素朴な挿絵だが、大正初期、向島に日活撮影所ができたころ、撮影の指導をしていたのは新派作者の紅緑で、映画の背景画（そんなものがあったと見える）を描いていたのは斎藤五百枝だったというのである。

身すぎ世すぎのためか、いや案外その当時において二人とも、それぞれその仕事に熱心であったかも知れないが、とにかく「活動写真」草創期の怪しげな世界で共に働いていた御両人が、後に私にとってはなつかしい、熱血少年小説でコンビを組むことになるのが、なぜか可笑しみを誘う。その紅緑が熱血少年小説「あゝ玉杯に花うけて」で活動写真をダンガイし、「霊《れい》を腐蝕するバイ菌」とキメつけるのだから、いよいよ可笑しい。

著者の田中氏はこの本のみならず、正史たる「日本映画発達史」を見てもわかるように、個人としては極限までの探究をされているが、しかしさらに組織的に、もっともっと映画誕生期の関係者から、出来るかぎり聞き書きをとっておくといいと思う。千何百年前の遺跡や土器を掘り返すのも大事だろうが、ほんの数十年前あるいは現在ただいまの文化現象を保存するのも、その大事さはそれに劣らない。——が、もうそろそろ手遅れかも知れない。

さて私は、都心まで車で、滞りなく走って一時間という多摩に住んでいる。丘の上の町で住むには快適な場所だが、ただタマにキズはいま述べた通り都心からいささか距離があることで、いちばん残念なのは、映画や舞台や音楽会を見にゆくことが億劫なことだ。——と思っていたら、明治三十五年生まれの、八十半ばの田中氏は練馬区南大泉にお住まいで、いまだに都心まで一時間半の距離を、定期券で映画を見に都心に通っておられるそうだ。

興味があると思っている対象から人をへだてるのは、時間や距離ではない。結局は熱情の不足である、と思わないわけにはゆかない。

読書日記

×月×日

鹿島茂「レ・ミゼラブル百六景」読。

近来これほど面白かりし本はなし。自分はいままで「レ・ミゼラブル」の映画二度観たり。一本は戦前の黒白、一本は戦後の色つきテレビ映画としてなり。いずれも原作の印象にそぐわないものなりき。この挿絵集を見て、ようやくジャン・ヴァルジャン、ジャヴェル、コゼット等のイメージこの通りなりと満足す。

それにしてもこの原作を読んで、ユゴーの詩には脱帽するフローベールが「子供だまし」と評したるは面白し。フローベールならさもあらん。ただし自分は、この子供だましのところが面白きなり。あたかも推理小説の子供だましのところが面白きがごとし。

×月×日

堀口すみれ子「虹の館」読。堀口大学の娘の父親回想記なり。

大学は三歳のとき母を失った。

「母よ／僕は尋ねる／耳の奥に残るあなたの声を／あなたが世に在られた最後の日／幼い僕を呼ばれたその最後の声を／三半規官よ／耳の奥に住む巻貝よ／母のいまわの、その声を返せ」

後年、三歳の孫をその母（大学の娘）が頰ずりする光景を見て、それまできげんよく晩酌していた大学が、「僕はその年ごろに母がいなかったんだ」といって涙をこぼし、家族みんながもらい泣きしたという。

まことに幼くして父母を失った子と、幼い子を残して死んでゆく父母ほど世に哀切なものがあろうか。――しかし、その母がいまわのきわに「大学」と呼んだと思うと可笑しい。「大学」は本名だからである。

×月×日

内田百閒全集第十八巻（福武書店版）読。

この中の百閒の随筆によると、大正四年か五年ごろ、百閒は生活に窮し、湯河原で療養中の漱石のもとに借金にいった。そのとき申しこんだのは二百五十円であった。当時二百五十円というのは相当の大金である。が、漱石は病床で「いいよ」といった。「しかしここにはないから東京へ帰って、僕がそういったからといって家内から貰いなさい」。そして漱石は、百閒にビールと夕食を供して宿に泊らせ、翌朝帰りの汽車賃まで出してやった。

ともあれ右の漱石の一言で、漱石夫人が決して世に伝えられるような悪妻でないことがわかる。夫人の従順と大気を信頼せねば、漱石の右のような言葉が出るはずがないからである。

×月×日

男のベストセラーはわりに後代まで残るが、女のベストセラーはそのときかぎりだ、というのが自分の感じであった。

果然、きょうある古書店の主人の文章を読むと、雑誌の古本で、「最も人気の高い分野は、児童読物雑誌で、昭和初期がずばぬけて高価である。昭和五年から十四年頃までが横綱時代で、『少年倶楽部』を例にとれば、一冊一万円から二万円が売値だ」

「このように人は、自分の少年時代を懐しむために金を払う。次に人々が金を惜しまない分野は、戦前の『講談倶楽部』『日の出』『新青年』などを代表とする大衆娯楽雑誌で、昭和十年前後発行のこれらの雑誌の売値は一冊一万円前後である」「これまた懐しむのは男で、女はそういう資質がてんからないらしい」とある。

女は再婚した場合、前夫を想い出すことはまったくないのではないか。再婚した男はときには前妻を想い出すこともあるだろうが。

ただし、雑誌の件については、女房曰く「そりゃ女には、そんなムダ金をつかう自由がないからよ」。

×月×日

「太平記」読。

これを書ける人、かりに数人としても、かくのごとき歴史的知識いかにして得しや。「太平記は史学に益なし」とは有名な言葉なれども、ぜんぶがぜんぶデタラメというわけにはあらざるべし。当時情報乏しく活字もなき時代に、だれがこれらの記録をとり、分類し、保存せしや。しかもこれだけ大部のものを書いて、何ら経済的利益ありとも見えず、いろいろ考えれば実に驚嘆に値す。

それにしてもこの「太平記」を書きし人は、のちの戦国時代以後の歴史を知らずして歴史を書けるわけなり。当り前のことなれどもふしぎな感もす。

とはいえ、後の歴史を知らずして歴史を喋々することわれらもまた同様なり。

『俳句はかく解しかく味う』（高浜虚子）

私は俳句など一句も作ったことはなく、また作ろうとも思っていないのに、ふしぎなことに古今の句集や評釈や俳人論など、比較的よく読む。

しかし正直なところ、それらの句の何割かはよくわからないといっていい。

昔の句なら鑑賞の本があるからまだいいけれど、現代、句会などに出て、たちどころにおたがいの句に点を入れあう人々はみな天才だと思う。

また実際に、俳句の雑誌などを見ると、おたがいの作品を、この世の芸術のきわみで、その作者は人類はじまって以来の天才であるかのごとく讃えあっている。小説の世界ではこんなことはなかろう。

事実また、俳句にいのちをかけている人々は、ほかの分野よりはるかに多いように私は感じている。

ところで私は、私の知っている人間——文章を通じての人々もふくめて——およそこの世で「ふてぶてしい男」の巨人は高浜虚子ではないかと思っているが、その虚子の「俳句はかく解しかく味う」をこのごろ読んで、その中で、

「もともと十七字で文字が少ないために十分の叙述が出来ず、解する方では三通りにも四通りにも解することが出来るというような場合が随分沢山ある。それは俳句として不完全であるが、事実そういう場合がよほど多い」

と、虚子がズバリといっているのを読んで、少々安心した。

どうやらいのちがけで作った句が、まちがって解釈される場合も少なくないらしいが、しかし俳句とはつくづく奇妙な芸術だと思う。

ともあれ虚子のこの本は名著である。

私の愛読書——『漱石書簡集』

漱石の書いたもののなかで、最高のものは書簡集だといったらオーバーになるけれど、少なくとも何度読んでも飽きないものの第一であると思う。

たんなる挨拶や事務上の連絡はべつとして、それ以外のふつうの手紙は、ことごとく誠実で、情愛があって、ユーモラスで、その一つ二つ三つを兼ねないものはない、といっても過言ではない。

大正四年五月十六日付の、京都の待合のおかみ磯田多佳をいましめた漱石の不粋なまでの誠実な手紙や、死の二十日前の、若い二人の禅僧への真率《しんそつ》な手紙や、やはり最後の年の、芥川龍之介を感奮させた激励の手紙などが有名だが、古い弟子の寺田寅彦や小宮豊隆や鈴木三重吉などへの手紙も情愛に満ちている。

寺田寅彦への「大変な事が出来たといひながら大変な事を話さずに帰るのはひど

い」と、たったこれだけ書いたハガキがあれば（寅彦は漱石の顔さえ見ればよかったのだろう)、「きのふは留守に来て菓子を沢山《たくさん》置いていつて下さいましてまことに有難《ありがと》う存じます(中略)あの菓子は暑中見舞なんだらうと想像しましたがさうなんですか夫《それ》とも不図《ふと》した出来心から拙宅へ来て寝転んで食ふ積《つもり》で買つて来たんですかさうすると大いにあてが外《はず》れた訳《わけ》で恐縮の度を一層強くする事になりますが兎に角菓子は食ひましたよ」

と、ばかにていねいな大正二年七月二十一日付の手紙もある。

このばかていねいは一種のユーモアで、べつの寅彦宛の手紙には、「寅さん」と呼び、自分を「金公」と書いた、まるでいまの喜劇映画を地でいったような表現もある。ほかにも、漱石の手紙には、ユーモラスな一行や二行がいたるところ発揮されている。

明治四十二年四月二十四日付、鈴木三重吉宛。

「細君子宮内膜炎(中略)小生も精神過労にて陰茎内膜炎にでもなりさうな気が致したり」

には哄笑せざるを得ない。

わざとではないが、自分の名を漱石とまちがえて書いたり、宛先の長谷川如是閑《にょぜかん》を

是如閑と書いているのもユーモラスだ。ついでながら明治四十年九月二十八日、やはり弟子の一人に、

「明日曜牛込区早稲田南町七へ転居ノ筈ヒマガアルナラ見物旁《かたがた》手伝ニ来ラレンコトヲ希望」

とハガキを出しているのは、引っ越しの前日ハガキを出して、それで間にあったとみえる。明治の郵便事情は平成よりよかったのだろう。

漱石の手紙は右の要素をそなえている上に、天真流露、天衣無縫である。これにまさる手紙を書いた作家は一人もない。

短篇小説ベスト3

ポー『黄金虫』
アナトール・フランス『聖母の軽業師』
芥川龍之介『奉教人の死』

まるで広大な砂浜から金の砂粒を三つ拾えというような設問で、こんなアンケートを考え出した人は正気とは思われない。

で、こちらも、世界の短篇小説の最高作であるかどうか、あまり大上段に考えないで、いまプランクトンのごとく浮かんできた記憶を、いいかげんにつかまえることにする。それも、人生の後半に読んだ小説はみんな忘れているから、人生の前半、特に二十歳前後に読んだものをあげることにする。

それでも、それから五十年くらいたって、なお印象に残っているのは、それだけの魅力を持つ作品だったからに相違ない。

まったく物差しのない選択だが、まずポーの『黄金虫』。

探偵小説は結局は謎とき小説なのだが、これはその精粋であり、特に前半の暗号解読の手際に感心する。

むろんポーは、自分の作った符号をもとのアルファベットに置き戻しただけだが、その手順の鮮やかさにうならざるを得ないのである。この暗号小説のみならずそもそも探偵小説そのものがポーの創始だといわれるが、彼以後推理作家は雲のごとく輩出したけれど、ポーを超える者は一人もない、と、今さらのごとく脱帽しないわけにはゆかない。

例えばあのシャーロック・ホームズ物の一篇『踊る人形』、これも暗号小説なのだが、その暗号の形態や解き方は『黄金虫』とまったく同じである。ドイルははじめから降参している。

次に、アナトール・フランスの『聖母の軽業師』。

これは、こんど読みかえしてみると、どうしてこれが記憶に残ったのかふしぎなほどの小品だ。

貧しいけれど信仰ぶかい大道軽業師があった。あるときその境涯を憐れんだ修道僧に拾われて修道院にはいることを許された。そこに住む修道士たちはみな、絵や彫刻や詩などそれぞれの特技で聖母への讃歌をあらわすのに日も夜もなかった。それを見つつ軽業師は、自分の無智と無能を歎くばかりであった。

しかるにあるときから彼は突然礼拝堂に一人籠って外に出ないことが多くなった。修道士たちは怪しんで、ある日そっとのぞいてみると、彼は祭壇の聖母の前で、逆立ちしたりとんぼ返りしたり剣や鞠《まり》を手玉にとったり、汗まみれになって自分の大道芸を演じつづけているのであった。修道士たちは、彼が気が狂ったのかと思って、礼拝堂からひきずり出そうとした。すると祭壇から聖母の像がしずしずと階段を下りてきて、目を見張っている修道士たちは、聖母が軽業師の労をねぎらうように、そのひたいの汗をやさしくおぬぐいになるのを見た……という話だ。こんな荒唐無稽の話を、アナトール・フランスは持前の優雅で淡々たる筆致で書いているのである。

この物語と一脈通《かよ》う作品を芥川龍之介も書いている。『南京の基督』と『アグニの神』である。

アナトール・フランスが好きだった芥川は、右の『聖母の軽業師』からヒントを得たのかも知れない。『アグニの神』はこの聖母をインドの魔神に変えたものだが、芥川はこれを童話のつもりで書いたらしいからまず措《お》くとして、『南京の基督』では、最後にもひとつドンデン返しがくっついている。『聖母の軽業師』の結末は微笑させるが、このドンデン返しは不愉快な改悪である。

しかしもう一篇というと、その芥川の『奉教人の死』が浮かんでくる。若いころ読んで、『天草版伊曾保物語』などの文体を踏んだその文章にもそのストーリーにも三嘆した。これが『地獄変』『枯野抄』などと同じく二十六歳のときの作品とは改めて唖然としないわけにはゆかない。芥川の小説はみな若書きだという説も読んだことがあるが、若書きには、それゆえに若い読者と脈波が合っていつまでも生命を保つということがあるのである。私なども初読のときの感嘆が尾をひいて、いまここにあげる始末になった。この『奉教人の死』には志賀直哉の痛烈な悪口がある。要するに最後に読者に背負い投げを食わせるような筋運びが気にくわないというのである。「私は夏目さんの物でも作者の腹にははっきりある事を何時《いつ》までも読者に隠し、釣って行く所は、どうも好きになれなかった」と、漱石にまで文句をつける志賀のことだから当り前かも知れない。

しかも志賀はこれを面と向って芥川にいった。いわれた芥川は悄然《しょうぜん》として、「僕はほんとうの芸術がわかっていないんです」と答えたという。しかしこのことについて、正宗白鳥はいう。「何だ。芥川は志賀なんかに対して引け目を感じる訳はないじゃあないか」。

いうのが白鳥だから面白い。私もそのしっぽに乗っていう。「世界がちがうのだ」。で、ここに志賀直哉の『小僧の神様』などあげないで、芥川の『奉教人の死』をあげる。

漱石の落第

世の中には何ともヘソマガリの人もいるものだ、と感じたのは、岩波の昭和十年版『漱石全集』の月報に次のような意味の文章を読んだときである。

漱石が熊本五高の教師をしていたときの生徒で、後に外務省、満鉄に籍をおいた履歴を持つ木部守一という人の談話だが、在学中英語の授業で担当の教師に不満があり、別の教師に換えてくれるように、英語主任の夏目先生に談判にいった。

その時の先生の応答は、○○君は高等官何等の人で、君らの意見で取換えるべき筋合いのものではない、とのことであったが、木部氏は、その答弁がいかにも形式的で、かなり官僚的な感じがしたといい、「その頃の先生は少しあらたまると、頤《あご》をしゃくつて物を言はれる癖がありました」といっている。

また別の機会に、病気のために卒業試験が受けられず、追試験を受けるには点数が足りない友人のために、何とか点数をあげてやってくれまいか、と夏目先生の自宅に請願にいったとき、先生は「人間の一生には一年位前後しても大した事ではない、僕も一年落第したことがある」といって、その体験を述べたが、「どうもそれが自分のこせつかない、点数や及落には超然とした所を私にイムプレスするやうに取られました」と、木部氏はいう。

これを読んだとき私は、大げさにいえばしょい投げを食ったような気がした。漱石は官僚的なものに対していちばん反撥する人と見ていたからである。

木部氏は自分でも「私は皮肉に物を見る悪い癖がある」といっているが、とにかく漱石全集の月報に「智に働けば角が立つ。情に棹《さお》させば流される」の一行を読んだだけで、あと「草枕」を読む気がしなくなる、といってのけるほど、剛直といえばいえる人であったらしい。

木部氏は、晩年の大漱石はその後の修養の結果らしいといっているが、熊本五高時代は漱石の三十歳前半のころである。では漱石のそのころは、教え子木部氏がいったような赤シャツ的な人物に見える一面を持っていたのだろうか、と私も考えた。

ところが、そうではないことをあとで私は知った。

漱石は十八歳のとき、大学予備門（後の一高）でまさに一年落第している。「猫」や

「坊っちゃん」を発表した直後の明治三十九年の談話で、漱石はこの落第の経験をじゅんじゅんと述べ、「僕の一身にとつて此《この》落第は非常に薬になつた様に思はれる。若し其時落第せず、唯誤魔化《ただごまか》して許り《ばか》通つて来たら今頃《ど》は何んな者になつて居たか知れないと思ふ」といっている。

漱石は教え子に、ただ要求をはねのけるために「官僚的」な逃口上をいったわけではなく、誠意をもって自分の体験を語ったのだが、相手の皮肉な性分のために、それが素直に受けとられなかったのである。木部氏はおそらくそんな漱石の談話のあることを知らなかったのだろう。

誠実が相手に通じなかった漱石の落第の話はこれだけだが、ついでにこれにつながることで漱石について私が首をひねっていることを書いてみる。

漱石がいまに至るまで多くの人に尊敬されている理由はいろいろあるだろうが、その一つは彼の作品が誠実をモチーフとしているからだろうと思う。彼はこの問題を小説として扱うとき、主として男女間の背信のかたちをとる物語とした。「三四郎」然り、「それから」然り、「門」然り、「行人」然り、「こころ」然り、「明暗」然り。

——

それで昔から、漱石の心をこれほど動かした体験は何か、彼のベアトリーチェはだれなのかという捜索がなされ、何人かの実在した女性の名があげられた。その各人各説の我田引水ぶりに私は笑い、「漱石の耶馬台国」と呼んでいる。

結論からいうと、そんな劇的な女性はいなかった、というのが私の説である。日記のなかに不平をぶち投げようと、結局漱石がいちばん愛していたのは夫人であった、というのが私の考えである。

ただし漱石は、元来信義というモラルについて異常に敏感な性質の持主であった。おそらく生涯、通常の人間ならそれほど感じない他人の背信に深く傷つけられたことであろう。その心の葛藤を小説化するとき、男女間の背信のかたちに転換したのだ、と私は推量する。

この漱石の性格は幼年時からあった。彼はそれを「硝子戸の中」の一挿話として書いている。

小学校時代、喜《き》いちゃんという友達がいた。その喜いちゃんが家から大田南畝《なんぽ》の写本と称するものを持ち出して、五十銭で買わないかといった。金之助は大田南畝を知らないままに、二十五銭に値切って買った。すると翌日喜いちゃんがやってきて、家人から二十五銭では安すぎると叱られたから本を返しておくれといった。

漱石は書く。「私は今迄安く買ひ得たといふ満足の裏に、ぼんやり潜《ひそ》んでゐた不快、

──不善の行為から起る不快──を判然《はっきり》自覚し始めた」。

彼は本を戻し、喜いちゃんが返した二十五銭には手をつけず、こんな意味のことをいった。

「其《その》金なら取らないよ。（中略）本は僕のものだよ。（中略）僕は遣《や》るんだよ。（中略）遣るんだから本だけ持つてつたら好いぢやないか」

こうして金之助は、意味なしに二十五銭を取られてしまったのである。

この年齢のころから、不誠意だと自覚する行為に対して、これほど自罰の反応を示すのは珍らしい。

それでは漱石の幼少時、それほど道徳的に厳格な環境であったかというと、それがそうではない。

同じ「硝子戸の中」で、姉たちが芝居見物にゆくのに、往復神田川や大川の舟を使い、夜中から次の夜中まで大騒ぎする光景を描いているし、また二番目の兄が「大の放蕩《ほうとう》もので、よく宅《うち》の懸物《かけもの》や刀剣類を盗み出しては、それを二足三文に売り飛ばすといふ悪い癖があつた」。それがぶらぶら仲間といっしょに集まってひまつぶしに向いの芸者屋にちょっかいをかけた話も書いている。
十七、八の金之助もときどきそれにひきこまれたが、「私は小倉の袴《はかま》を穿《は》いて四角張つてゐたが」云々とある。

名主といっても町人の家で、まだ幕末の頽廃《たいはい》の名残《なご》りがよどむ夏目家で、金之助はひとり変物的な存在であったらしい。

さて、私が漱石について首をひねるというのは、ベアトリーチェの問題よりこのことである。

人間の性格、特に他人にかかわるときに現われる性格には——信義に潔癖か鈍感か、などはその最も顕著なものだが——先天的というより後天的な影響が大きいと考えられるのだが、漱石はまったくそれとは無縁な個性を持っていたとしか思われない。そこがふしぎなのである。

懐かしき岡本綺堂

昔の作家に、少数ながら、懐かしいという感じをいだかせる人があるが、私にとって岡本綺堂はその一人である。

綺堂の場合、ちょっとふしぎである。綺堂で最初に強烈な記憶を残したのは、怖ろしい「玉藻《たまも》の前《まえ》」という怪談なのだから。

例の「金毛九尾の狐」に材をとった荒唐無稽の物語だ。これを私は中学時代、但馬の田舎の家で腹這って読んだのだが、読みおえて怖ろしさのあまりしばらく立ちあがれないほどであった。まわりの空気の色まで青く変ったような気がした。

少年時代読んだり聞いたりした怪談は、大人になって思い出せば怖くも何ともないものだが、この「玉藻の前」だけはその後読む機会はなかったけれど、いま読んでもやっぱり怖いだろうと思っていた。ところが数年前ある詩人が「玉藻の前」について、私と同じ思い出を書かれているのを読んで果せるかなと思った。

怪談といっても、ことさらに大仰な形容や怪声を用いるのではない。小雨ふる夜の道をシトシトと裸足《はだし》で歩くような語り口が怖いのである。それが少年にもわかったと見える。

しかし「半七捕物帳」の味を解するには、まだ私には若干の歳月を必要とした。解したのち、綺堂ものに感じる人懐しさの多くはこの語り口に負うていることを知った。綺堂は座談がうまかったといわれ、その語り口は半七そっくりであったといわれる。そしてまたこれは私の想像だが、晩年の三遊亭円朝は大ゲサな演出をきらい、シトシトと素噺《すばなし》で語ったといわれ、それゆえに怪談の凄味がましたといわれるが、それにも似ていたのではないかと思われる。

人懐しい感じをいだかせるといえば、よくいわれるように綺堂が半七のなかでくりかえしくりかえして述べる江戸の風物詩が、その効果をたかめていることはいうまでもない。

これについて綺堂は書いている。

「若しこれらの物語に何等かの特色があるとすれば、それは普遍の探偵的興味以外に、これらの物語の背景をなしている江戸のおもかげの幾分かをうかがい得られるという点にあらねばならない」

いうは易く行うはかたし。のちに「半七捕物帳」の亜流としておびただしい捕物帳が書かれたが、江戸への郷愁を誘うようなものはほとんどないことを見てもわかる。綺堂はらくらくとそれをやってのけた。「半七捕物帳」が最初にして最高の捕物帳だという定評を得たゆえんである。

綺堂は平生万事きわめて用心ぶかい人であったというが、創作についても怖ろしく周到であった。

「半七捕物帳」は内容においては二十七年、綺堂の実生活においては二十年間にわたる七十篇ちかい物語である。しかもその事件の勃発、探索、解決の年月まで一々明記してある。綺堂はこれを前後ばらばらに発表している。そこでその間にはきっと矛盾撞着《どうちゃく》があるだろうと、昔いちど「半七の年表」を作って克明に調べたことがあるが、重箱の隅の飯粒のような乱れはないとはいえないが、まず大破綻は見られなかった。実に驚くべき細心さであった。

一生病気が絶えたことがなく、体重四五キロを超えたことがないという超痩身でありながら、彼が比較的多くの仕事をしたのは、勝負事は一切きらい、スポーツ、映画にも興味がない、犬猫を飼う趣味もない、交際も栄達も求めない。ただ書斎に籠ってコツコツと仕事をしているのが何より愉しいという彼の性格と生活のおかげであった。こういう生活は私などからみると、実に好もしい作家生活に思われる。私が綺堂に人懐しさをおぼえるのもこういうところにもあるのかも知れない。

こんな地味な生涯を持ちながら、一方で派手な劇作を相当量——その幾つかは私も市川寿海や前進座で見たことがある——書いたのは奇異に思えるが、その理由は考えられないでもない。芝居は綺堂生来の唯一といっていい偏愛物であったということに加えて、そもそも戯曲と探偵小説は、その構成、約束事、伏線の張り方、どんでん返しなど、きわめて共通したものがあるからである。

Ⅳ　風山房風呂焚き唄

風山房風呂焚き唄

(1)

「風山房」とは、信州蓼科の白樺湖にある私の山荘の名である。

山荘とは大したもののようだが、そんなものが出来るについては、半分はむろん私の意志だが、半分は偶然のなせるわざであった。

もう十年ほど前のことになるが、推理作家協会の世話をしている山村正夫さんが、蓼科の山中に別荘地を貸したいという話があるがどうだろう、といった。立科町在住の推理作家土屋隆夫さんを通じての話だったらしい。町有地だから、土地は売らない、貸地だけれど、年に坪十六円だというのである。

むろん、私だけが聞いた話ではない。推理作家協会のすべての人が聞いたはずだが——いまでこそ猫も杓子もセカンドハウスとか何とかいって別荘を欲しがる世の中になったようだが、わずか十年前は、みな別荘などいう大それたことまでは頭がまわらなかったのがふつうで、だれもこの話をうわの空に聞き流してしまったらしい。

私だって別荘などいうものは大富豪の持つものだとばかり思い込んでいたから、ほかの場合なら同様に聞き流しただけであったろうが、ただこの坪十六円というのに可笑しみをそそられた。

むろん買うのではなく一年の借賃だけれど、よく考えて見ると、百坪借りても年に千六百円、千坪借りたって一万六千円じゃないか。

いまから思うと嘘のような話だが——そのころだって私は馬鹿に安いと思った。そこで、白樺湖は全然知らず、いって見ることさえしないで、とにかく一万坪申し込んだのである。

一万坪借りたって年十六万円、月にすれば一万三千円いくらかで、そのころでも東京でそれくらいの家賃を払っている人はいくらでもあった。倖《さいわ》い私は家があるから、その家賃だと思えばいい。

一万坪というと、千間四方、一間おきに柵を作っても杭が四千本要《い》るゾ、と、むしろその杭代を心配したくらいである。——ただし、私の心配を聞いたある頭のいい人が笑い出して、「山田さん、そりゃ百間四方ですよ」と指摘してくれたからすぐに安心はしたけれど——私が推理小説にダメなわけは、とにかくこの話でもわかる。

ところが、立科町のほうでは驚いて、

「いったい、そんなに借りて何をするんです」

と、いって来た。まだ別荘地ブームなんか無い時勢であったけれど、それでも私が何かそこで商売でもするのかと邪推したのかも知れない。

私としては、その一万坪の中で十坪くらいの小屋を作って、そこで四界を見はらしながらマージャンでもやったらさぞ愉快だろう、と考えただけのことである。

そこで改めて聞いて見ると、一人一区画三百坪が標準だという。

まあそれが常識だろうが、それじゃああんまり常識的過ぎる。せっかくの雄大な風流に水をさされたような気がして私は興味を失い、その話はそれっきりになってしまった。

＊

すると、それから一年ばかりたった冬のことである。

ちょうど衆議院だか参議院だかの選挙があった。——私の投票は甚だ無節操で、自民党にいれたかと思うと次の選挙には共産党にいれたりするていのものだが、とにかくみごとな冬晴れの日曜日であったので、散歩がてらに隣りの主人といっしょに投票所に出かけた。

その日、雨がふるか、曇り空であったら、そんな話はなかったのである。

私はそのころ練馬の西大泉に住んでいたのだが、投票所の小学校へ、野原の中の道をぶらぶら歩いてゆくと、西の空に白い雪に覆われた秩父連山がくっきり見えた。

そこでヒョイと一年前の話を思い出したのである。

私は隣家の主人に、蓼科の話をした。すると。——

「それ、面白いじゃありませんか」

と、その人がいい出した。——その人は、いま「小説宝石」の編集長をやっている大坪昌夫さんであった。

「なんのために一万坪も要るんですか。どうせ山の中だろうから、まさか塀を作ることはなかろうし、山そのものを自分の領分だと思えばいい。僕も借りたいから、その話、もういちど向うとやって見て下さいよ」

そういうわけで、はからずもまたその話が復活した。

そこで改めて申し込んで見ると、一年の間に坪二十二円に上っていた。——それでもいい。二人で、こんどはおとなしく一区画ずつ借りることにした。その前に山村さんも混えて、はじめて蓼科にゆき、はじめて土屋さんにも逢って案内していただいた。白樺湖から少し山の中にはいった白樺と柏の林の中の土地であった。

*

すると、早速また土屋さんから紹介されたといって、立科町から大工さんがやって来た。

すぐに別荘を建てろとせきたてるのだが、別荘なんて見たこともないから、どんなものを作ったらいいのか、見当もつかない。とりあえず戸棚をひっかきまわしたら、「暮しの手帖社」から出ていた「すまいの手帖」という雑誌が出て来た。

十坪のマージャン小屋とはいったが、実際問題としてそうもゆかず、その中から二十坪くらいの家の設計図を見てこれでやってくれというと、大工さんが、平家では林にさえぎられて白樺湖は見えないが、二階を作ると湖が見えるかも知れない、という。それじゃあこれに二階を乗っけてくれ、と頼んだ。結局三十何坪かのものになった。

ところが大工さんは信州に帰って、報告がてらにその設計図を土屋さんに見せたらしい。すると土屋さんは、本格派の大家だけあって、この設計図に二階を乗っけたらたちまちひっくり返ってしまう、と指摘してくれた。

そこで、それじゃあ土屋さん一つ願います、と頼み込み、こうして土屋隆夫設計になる山荘が出来ることになったのである。——

ちかくの別荘を見て歩くと、どれも「白樺山荘」とか「蓼科山荘」とかいうたぐいの名ばかりだ。そこで、苦慮したあげく「風山房」と命名した。

名はとにかくとして、家そのものは全然別荘らしくない。まわりの別荘のように屋根が三角型になっているわけでもなければ、壁が丸太式、床が高床式になっているわけでもない。ごく尋常の、田舎のどこにもあるような白壁の家である。

それから、建築にとりかかってはじめて知ったのだが、その大工さんはそれまで何かほかの職業をやっていて、私の山荘がはじめて作る家だったのだそうである。

だから、壁に貼ったクロースなど、両側から撫でつけて来たところ、まんなかが余ってふくれ上っているといったていたらくだ。

——そこで、十年目の先ごろ、その大工さんが信州そばを持って挨拶に来たついでに、

「何ならそろそろ建て替えようか」という考えもちらときざして、

「この家、あと何年くらい持つか知ら?」

と、ふと聞いた。

すると、その大工さんは——この十年間の別荘ブームで隆々発展して、驚くべし、いまは近くにホテルまで経営するようになったその大工さんは、

「この家ははじめて手がけた仕事で、柱だけは念入りにやけに太いやつを使ったからね。あと百年は大丈夫です」

と、断乎としていったので、半分ほっとするとともに、半分がっかりした。

しかし、ほんとうは私は、この白樺と柏の林の中の白い壁のありふれた家を愛しているのである。埃にまみれた足でそのまま上って坐って見ても、ちっとも気にならないような感じで、妻も「この家に来ると落着くわ」という。

それどころか、私はときどき、東京をひき払って、死ぬまでこの林の中で暮そうか知らん、と半分本気で夢想しているくらいなのである。

*

しかし、現在のところは、まず夏しかゆけない。

同時に、白樺の中の日ざかりの山道を、いくら歩いても汗も出ないほど涼しいこの土地へ、夏になるとゆかずにはいられない。——

話はちがうが、私は町の書店にはいって、そこに何万冊とならんでいる本を見わたして、一種の恐怖に打たれることがある。その大海中の一毛にもあたらない仕事をして、ともかくも何とか生活して来られたことを、奇蹟のように思う。

つまり、世の中にそれほど書物が多いのである。

東京の私の家には書庫もあり、家そのものも世間の標準からすれば決して狭いほうではないはずだが、その中に書物が溢れ返って、処置に窮するほどだ。

そこで、そのうち推理小説関係のものは片っぱしから蓼科へ運んで、寄贈された推理小説は夏のあいだにここで拝見することにしている。それももう何百冊かになった。——

とはいうものの、なかなか読めない。一夏に、四、五冊くらいしか読めない。ひまがないのではない。ここでは仕事はしない方針なのだが、ボンヤリして林に鳴る青い風の音を聞いている恍惚に心を奪われていることが多いのである。

とくに風呂を焚くのが愉しみである。

近所ではみんなプロパンを使っているというのに、私は風呂だけは断乎として薪を頑守している。

風呂は長州の半ガマというのだそうだ。大工さんがそう教えてくれたのだが、名がユーモラスなので憶《おぼ》えているのである。とにかく水が冷たくて、夏でも三回とつづけて顔を洗えないほどなので、沸くにはどうかすると小半日かかる。

だから、その間、私は風呂の焚口に茫然と坐っている。

そして、いろいろなことを考える。いや、未然自然に、きれぎれなもの想いが頭を揺曳《ようえい》して過ぎる。

実は本誌（編註・「小説推理」）の編集長から小説を頼まれたのだが、推理小説はもう書けないといったら、随筆を書けといわれた。推理小説につながる随筆というならそれも書けないと答えたら、何でもいい、身辺雑記でいい、という話であった。

身辺随筆を書くほど私は老大家じゃないといったが、そんなことにこだわるのも厭味だと考え直した。とにかく何を書いてもいいというのなら、こんなに気楽でありがたいことはない。

そこで、これから風山房の長州の半ガマの前に坐り込んでいる間に、頭をかすめ過ぎた断片や、それに類した雑念を、まとまりもなくつらねてゆこうと思う。何を書くか、いまのところ自分でもわからない。

（2）

本誌の呼物であった「邪馬台国の秘密」論争で、高木さんが、物を書く場合の「ケアレス・ミステーク」を述べていた。そのケアレス・ミステークについて話をしようと思う。

もっとも私は邪馬台国についてはまったく無知識だから、この論争についての意見ではなく、ほかに私が読んだ本で発見したケアレス・ミステークの話である。それも現役の作家の小説ではなく、以前に読んださまざまの著作のミスで、記憶に残っている幾つかの例についてだが。——

いったい私は現役の人々の小説を余り読まないほうである。それは不精のせいと、もう一つ、そういうものを読んでもし感心したりすると、まさかそれを真似たりなどはしないにしろ、記憶の底に沈んで、何かのはずみで形を変えてヒョイと出て来て、自分の考え出したことみたいに思やしないかという不安があるためだ。

もう古典となったような著作ならともかく——むしろその場合なら、意識してパロディ化などやったことさえある——対象が現役の御同業の作品であったりすると、盗作云々の問題以前に、みっともないことこの上ない始末になるからである。

その私が、最近珍らしく雑誌で読んで、ナルホドと感心した事項がある。松本さんの「文豪」(単行本名)の中の「正太夫の舌」の中の一節である。

だからむろん私の発見したケアレス・ミステークではなく松本さんの発見だが、ある著名な学者が日本の神話を書いたものに、崇神天皇をタタリ神と誤読しているらしい、と辛辣無比の筆致で指摘してある。

中学生なみの誤読、とは松本さんの緑雨的表現だが、崇る、祟る、とならべられて、前者をアガメル、後者をタタル、と読むのは、私など数分かかる。逆に、アガメル、タタル、を漢字で書けといわれては、私は書き分ける自信がない。この二つの漢字をならべてにらんでいればいるほど、頭がこんがらがって来る。(校正の方、間違えないで下さいヨ)

作家で、漢字制限に頭から賛成、という人は余りなかろうが、しかしこういう文字を見ていると、ナルホド制限の必要はあるなあ、と認めないわけにはゆかない。

右の例は、間違った御当人からすれば典型的ケアレス・ミステークだろうが、結果からすると、それではとうていすまないのではないか。その学者の著作の――それがだれか、だいたい見当はつくけれど、私は未読なので名も著作もここにあげることは出来ないが——論拠に致命的なミスとなっているのではないか。

あまり感にたえたから、いま現に本になって出ている松本さんの指摘を紹介したが、とにかく私がそういうありさまだから、ほんとうをいうと人さまのことを云々する資格はないのである。決して責めるわけでも笑うわけでもなく、ただ話のたねとして、

「おたがいに、大変なことでござるな、御同業」

と、肩をたたきたいほどのつもりで御披露するのである。

まずたとえば右の「文豪」の中の「行者神髄」でも、後半は「です」調の手紙形式の文章を「である」調の地の文でつないでいくしくみになっているのだが、その引用文の文体が地の文にまぎれこむというケアレス・ミステークをやっておられマス。

（単行本115頁）

＊

小説や評論に出て来る間違いのうち、まず正しくケアレス・ミステークにあたるかんちがい、度忘れの例をあげよう。

海音寺さんの「悪人列伝」（文藝春秋社版）の中の「鳥居耀蔵」に、

「耀蔵が家来に召しかかえた本庄茂平次という長崎者がいた。いわゆる護持院ガ原の

敵役で、そのことは鷗外の作品にくわしい。悪いやつである」

という一節がある。

鷗外の作品とは「護持院原の敵討」のことだろうが、しかし鷗外のこの作品は本庄茂平次の事件ではない。これは海音寺さんのかんちがいに相違ない。

その鷗外だが——高橋義孝さんは「森鷗外」（新潮社版）の中で、鷗外と漱石のちがいについて述べ、その例として、乃木大将の殉死が鷗外の人間全体をゆさぶるような体験であり、そこから「興津彌五右衛門の遺書」や「阿部一族」が生み出されたが、それに対して、「漱石はあの比類ない持ち前の率直さで乃木大将のことをすぐ口にのぼせる、とはいうものの、それ以後（乃木大将殉死後、すぐに漱石がある講演でそのことについて言及したことを指す）の述作において、この事件が深く淀んでいるようなものは見当らない。『道草』にしろ『明暗』にしろ、そこに乃木事件の影が落ちているとは思われない」

と、書かれている。高橋さんは「こころ」を度忘れしていられたに相違ない。

いずれも、ケアレス・ミステークの好例である。

それから、これはいつか書いたが、有名な吉川さんの「宮本武蔵」で、武蔵が山賊の妻が旧知のお甲なる女性であることを発見し、「おばさん」と呼びかける。そこでお甲が驚いて、「あっ、武蔵《たけぞう》さん」と呼びかえすところがある。

するとと武蔵は、はて自分の幼名の武蔵《たけぞう》を呼ぶ者はだれだろう？　と怪しんで相手を見まもった。とあるが、最初「おばさん」と呼びかけたのは武蔵のほうではないか。

これは吉川さんの「大うっかり」であろう。

＊

ケアレス・ミステークではないが、間違いのうちにはもちろん無知によるものがある。これはもう無数だ。私などめちゃくちゃだろうと思う。

無知が褒めたことではないことはいうまでもないとして、しかし人間全知であるわけはないのだから、恥じいるのもほどほどでいいと思わないでもない。

だいたい人間は、自分が知っていることを他人が知らないと「こんなことも知らないのか」といった口をききたがるものだ。

どこまで恥じるべきか、笑うべきか、その基準はいわゆる「常識」だろうが、この点私はわりに寛容である。

先日もテレビの料理番組を見ていたら、「これに木《き》の芽を何とかします」と料理の先生がいって、「こないだある娘さんが、何の木の芽でもいいんですか、と聞いたので驚きました。料理に木の芽といえば山椒にきまっているのです」と、大軽蔑の調子でいった。

しかし、私はその娘さんに同情した。ではその料理の先生は、幕末時代、台湾の高雄を何といったか知っているか。

答は、打虎《タークー》である。——実は私は、そのころの海賊船物語を書いたとき、うっかり台湾の高雄とやって、そりゃ日本侵略後の呼名だ、「そんなことも知らないのか」と、やられたことがある。その評者は、台湾に住んだことのある人であった。ただし、今ではまたもとの打虎に戻っているかも知れない——と思って、いま最近の地図を見ると、やっぱり高雄とあるが。……

そこで、また別の話を思い出した。

いつぞや、米川正夫氏のドストイエフスキーの翻訳について、北原武夫氏が「恐るべき翻訳」と題し、あまりにも無神経な造語が多過ぎる、と文句をつけたのを読んだことがある。その指摘はもっともと思うことが多かったが、中に北原さんのほうもおかしい、と首をかしげる個所もあった。

例えば、「何もかも、ぐれはまになりやがる」という訳をあげて、「ぐれるという言葉と、桑名の焼はまぐりがどうとかしたという俚諺《りげん》の私的混成語であろうが、これには開いた口がふさがらない」というような批評であったが、私はよそでもぐれはまという語を見たおぼえが多々あったので、「広辞苑」を見ると、「ぐりはまの訛。はまぐりの倒語。物事のくいちがうこと」と、ちゃんとあり、米川氏の造語ではないのである。

また「この道にかけては功を経て」云々という訳を「無学な僕にはまったくわからない。功を重ねて、とか、甲羅を経て来て、というのならわかる」という意味の批判であったが、この言葉も内田百閒さんの随筆などではずいぶんお目にかかる。ただしほんとうの文字は「劫を経て」だが。——

とにかく、むやみやたらに人の無知を笑うと、返り討ちに合うおそれがあるという例である。

とはいえ、無智はやっぱり無知で、とくに作家が書いている文章の中に、それに類するものがあっては困るけれど、やはりある限界以前なら大目に見てもいいのではないか。

昔、三田村鳶魚に「大衆文芸評判記」という著作があって、当時の大仏次郎氏とか吉川英治氏とかの錚々たる大家の作品の中の無知ぶりをさんざんやっつけたものがあった。読者としては、それはそれとして面白かったが——と思って、いま三田村鳶魚

の著作を編纂し直した稲垣史生氏の「武家事典」を見ると、例えば直木三十五の「南国太平記」について、

「作者は（藩邸の）御長屋をどういうふうに考えているのか。第一御長屋に庭があったということすら、私は聞いたことがない」

とか、林不忘の「大岡政談」について、

「まず三百俵では殿様とはいわない方が多い。（ましてやその弟のことを）若殿様なんていうわけのものじゃない。若殿様というときは、必ずその相続人でなければならない」

とか、中里介山の「大菩薩峠」について、

「けれども、ここ（旗本屋敷）に出て来る女中の名が花野とか月江とかいうようにみな三字名だ。旗本なんぞの奥に使われている女どもは大概三字名でないのが通例であった」

などとある。——三字名とは、カナで読んでのことである。——こういう調子でやられると、手も足も出ない。やはりほどほどでかんべんしていただくよりほかはない。

*

三田村鳶魚といえば。――

松好貞夫著「天保の義民」（岩波新書）という本がある。

江戸時代、農民は検地をいやがり、抵抗した。そこで持て余した幕府は、江戸の一町人が近江を開発したいと願い出ているので視察させる、という名目で、大久保今助という人物を派遣し、隠し田などを虱潰しに調査させ、その結果天保十三年近江に起った大一揆の顚末を書いたものだが、この大久保今助なる人物について、

「ほんとに実在の人物であったのかどうか。（中略）今助については、由来その人物がまったくつかめず（中略）幕府みずから手を出すには気が咎《とが》めるため、わざと架空の人物か、あるいは仮りの人間を、それも世間の眼をそらせるため、そろばん勘定を身上とする町人を主役に仕立てて官憲の面目と権威の隠れ蓑に用いたのではないか」

と、ある。

ところがこの大久保今助なる人間は、例の河内山宗俊に重大な関係のある人間なのである。

黙阿彌の芝居で有名な松江家上屋敷における宗俊のゆすりの場――あれは、事実は、当時神社仏閣にしか許されていなかった富籤を、水戸家で財政難の切抜け策としてやりはじめたのだが、何しろ御三家の一つのやることなので幕府も見て見ないふりをし

ていた。その「違法」に対して宗俊がまっ向からゆすりをかけたのが真相だそうだが、その水戸家の富籤というものを着想し、やらせたのが水戸家の草履取り上りの大久保今助という男であった——と、三田村鳶魚が書いているのである。

おまけに、当時からウナギのカバヤキがあったのだが、これをどうか冷《さ》めないようにして食いたいものだ、と、ついにウナ丼《どん》を工夫したのがこの大久保今助だと、これは本山荻舟氏の本にある。「架空の人物」どころか、大久保今助は、悪いやつだが怖ろしい商才にたけた、何よりウナ丼の発明者という日本文化史上不滅の功労者なのである。

ちょっと知っていると、こういう風に書きたくなるのである。

(3)

物を書く上でのケアレス・ミステークの話のつづき。

それから、小説の場合は、むろん作者が嘘と承知して嘘をつく場合がある。ただ空想的な物語という意味ではなく、ストーリーのために史実を故意に変える例のことである。

その好例は「大菩薩峠」の、剣豪島田虎之助と新徴組の雪の夜の決闘のくだりであろう。闇討ちされた虎之助が、襲って来た新徴組の猛者《もさ》十数人を斬って捨て、これを見ていた机龍之助が、「ああ、これは神か人か！」と金縛りになってしまう場面である。

小説では日付ははっきり書いてないけれど、前後の関係から、この雪の夜の決闘は、文久二年十一月末のことだとわかる。ところが、実在の島田虎之助は、それより十年前の嘉永五年九月十六日に三十九歳で死んでいるのである。

これは作者のミステークではない。介山がそんなことを知らないはずはない。彼は自分の物語のために、死せる島田虎之助を十年長く生かしたのである。

——と、これは私が気がついたつもりで、以前にとくとくと書いて、その後あるとき尾崎秀樹さんの本を見たら、このことがちゃんと書いてあった。

だから、あまりほかの人の著作を読むと、書くことがなくなってしまうのである。もっともこの例、どっちが先だったか調べてはいない。

それはそれとして推理小説も、あんまり読み過ぎると、ああこのトリックはだれが書いてる、かれが書いてる、ということになって、島田虎之助を見た机龍之助みたいに金縛りになってしまうおそれがあるのじゃないか知らん。

では、こういう小説上のフィクションはどこまで許されるものだろうか。

何号か前の本誌で、佐野さんがこのことについて触れられていたようだ。その号を山へ持っていってしまったので、いまその論の詳細をたしかめることが出来ないが、この点佐野さんは寛容で、結城さんは厳しいというようなことが書かれていたと記憶する。

*

私のごく大ざっぱな意見では、一般のいわゆる時代小説では、わりに大幅に許されるが、歴史デテクティヴでは許されないと考えている。確実ないし良質と目されている資料の史実を守ることは歴史デテクティヴの必須条件で、そのルールを破るならその価値はない。

また、いわゆる時代小説のフィクションにも限度があって、右の「大菩薩峠」でも、対象が一般読者にはまあなじみのうすい島田虎之助だから許されるのであって、これが有名な宮本武蔵なんかなら、その歿後十年も生きていたというような物語を書くことは、よほど特別の設定でもしないかぎり許されないだろう。

「大史実」の変更は許されないが「小史実」なら許される、といっていいかも知れない。何にしても、小説上の故意の嘘は、たとえ歴史上の事実や実在人物を扱ったものであっても、基本的には許されるのじゃなかろうか、というのが私の意見である。

＊

それから、妙なケアレス・ミステークもある。高橋義孝さんが、「こころ」を失念して、漱石の作品に乃木将軍の殉死にふれたものがない、という意味のことを書かれたことと似ているが、そこまで断定しないけれど、触れないことが一種のミステークではないかと思われる例である。

その漱石の「吾輩は猫である」と、ロバート・バーの「放心家組合」（あるいは「健忘症連盟」）の関係についての話だが。――

昭和四十五年の夏のことだ。私は山荘で風呂を焚きながら、古い「宝石」の、乱歩編「世界短篇推理小説ベストテン」の中の「放心家組合」を読み、また乱歩さんがこの作品の「奇妙な味」を高く評価し、ベストテン中でも高位にあげていられる解説を読んだ。同時に、なんだ、この作品のトリックは、漱石の猫の最終章の、高価な美術品を長期の月賦で売ると、買手が月賦を払いおえてもまだ習慣として払いつづける話と同じじゃないか、と思った。

ところで、前に述べたように、昔から私はあまり雑誌など読まないほうなので自信はないが、この両者の関係について書いたものを読んだ記憶がない。そこで早稲田の英文学教授筆名千代有三さんと中島河太郎さんに、このことを御存知だろうか、と聞き合わせた。

すると御両者とも、これは大うっかりで気がつかなかった、ほかにもこのことについて書かれたものを読んだ記憶がない、ということで、千代さんなどはうれしがって、早速朝日新聞にこのことを書かれた。しばらくして、私も文藝春秋に書いた。漱石は、まさしくロバート・バーの「放心家組合」を読んで猫にとりいれたのである。

ところが、それからまもなく、前法制局長官で当時道路公団総裁の林修三氏から厳重抗議を頂戴した。そのことについては、それより一年ばかり前、林氏が発見して、大蔵省内の何とかいう機関誌に発表してあり、いまさら最初の発見者顔をするのは片腹痛い、というような御文面であった。

私としては、そんな気はない。また決してそんな顔をしたおぼえもない。ただ、右にいったようにあまり雑誌を読まず、いわんや大蔵省内の機関誌など知るわけがないが、ただそのことを指摘したものを読んだ記憶がないので、千代、中島両氏にお尋ねしたわけで、その結果御両者ともやはり読んだおぼえがない、という事実を知って、そのことに驚いたただけである。

——のちに、推理小説研究家の古沢仁氏から、昭和三十年代はじめのある推理小説同人誌に、これを指摘した文章が掲載されているという御教示を受けた。やはり、先人はあったのである。しかも、それを読んで、その文章の順序が、私が文藝春秋に書いたものとほとんど同じであることに私は一驚した。むろん私は知らなかったのだが、同じ内容について書くと、文章の順序までほぼ同様なものになることを知った。

だから、この件について私は、たとえ望んだとしても最初の発見者たる光栄をになうことが出来ないのだが、こういうまちがいのもとは、そもそも推理小説についての森羅万象、鬼神のごとき全知の大乱歩が、「放心家組合」の解説に全然このことに触れていなかったことにあるのである。

その「宝石」はずっと以前に出たもので、私がそのときそれを読んでさえいれば、早速お知らせしたにちがいないし、おそらく乱歩先生も愕然として狂喜されたにちがいないと確信するけれど、何しろ私がはじめて読んだのが、乱歩歿後五年もたってからのことだからしかたがない。いちどは推理作家のレッテルを貼られながら、昭和四十五年まで世界短篇推理小説ベストテンを読みもしなかった私の怠慢の罪は深い。

ところで、奇怪なのは乱歩先生である。

私が首をひねるのは、いったい乱歩さんは、漱石の猫を読まれなかったのだろうか？　ということだ。

まあ私の想像では、乱歩さんはあまり漱石などに興味はなかったろうと思われるが、しかしいくら何でも、日本文学史上最もポピュラーなこの小説を、若いころいちどくらいはお読みになったに相違ない。しかし漱石に興味を持たない資質が、すぐにそれを忘却の彼方へおし流してしまったところから、この「不作為」のミステークが生じたに相違ない、と思われる。

しかし、それにしてもこの妙なケアレス・ミステークは、中島さん千代さんも同罪である。

＊

話がつながっているようで、また飛躍するようでまとまりがないが、信頼すべき著者、信頼すべき出版社にもミステークがあるという例に、辞書や事典もふくまれる。

辞書というものは面白いものですな。

先日、ふと、「人柄」とは辞書で何と説明してあるのだろう、と妙な好奇心を起して、岩波の「広辞苑」を見たら、「人品」と説明してあった。そこで「人品」の項を見ると、「人柄」と説明してあった。なるほど、こう説明するよりほかはないかも知れない。

以前に、「閂《かんぬき》」について知りたいことがあって、平凡社の戦前の「大百科事典」第六巻「カンヌキ」を探すと、「戸」を見よ、とある。

で、第十八巻の「戸」を出して見ると、「扉」を見よ、とある。

そこでまた第十九巻をひきずり出して、「扉」をひらいて見ると、閂《かんぬき》のことなど全然書いてない。何だかサギにかかったような気がする。

このあいだ、日露戦争の総司令官大山巌《いわお》元帥の夫人捨松《すてまつ》についてちょっと知りたいことが生じて、やはり平凡社の「世界大百科事典」を見ると、出ていない。そこで右の戦前の「大百科事典」のほうを見ると、出ている。

――これで、ひどい目にあった。

というのは、この「大山捨松」の生年歿年を、「一八五一―一九一九」としてあるのである。

この捨松は、結婚前、山川捨松といい、明治四年、岩倉具視たちが欧米を巡遊したときに同伴し、アメリカへ留学させた五人の少女のうちの一人である。そして、このことを記した史書には、どれも山川捨松十二歳とある。

ところが明治四年は一八七一年で、もし捨松の生年が一八五一なら、そのとき数え年で二十一歳、満でいっても二十歳となる。

これはおかしいと思って、こんどは河出書房の「日本歴史大辞典」を見ると、やっぱり「一八五一―一九一九」とある。

ずいぶんこの件で考えこんだ。

しかし、これは双方ともに間違っているのである。捨松は明治四年、数えでまさに十二歳、従って生まれたのは、万延元年一八六〇なのである。

これは「大百科事典」も「日本歴史大辞典」も、同じまちがった資料によったか、あるいは後者が前者のまちがいを踏襲したのである。

事典や辞書のミステークは困る。

*

それから、何よりかにより困るのは、例の誤植というやつ。これは印刷屋ないし出版社のミステークだが、読者から見ると、著者のミステークとの区別がつかない。

これも人間のやることだから、絶対に防止は出来ない。げんに前回、私が「劫を経て」という言葉について論じたら、「却を経て」と誤植されていた始末である。劫か功か甲かと論じているときに却とやられては、趣旨が混乱する。

誤植というやつは、まったく悪意のない、これこそ典型的なケアレス・ミステークだが、これは実に破壊的作用をもたらす。

「校正恐るべし」といわれて、誤植についての珍談悲話は数々語り伝えられているが、私も、右の例などはまだいいほうで、最近「近衛さん」と書いたら、「兵隊さん」とされてしまった例がある。

近衛と兵隊と、活字になったものを見ると間違いようのない文字なのだが、それが間違うのである。これは私の原稿の文字が変てこであったせいもあるだろうが、これで悲劇がいっぺんに喜劇に変ってしまった。

神よ、この稿に誤植のなからんことを！

(4)

ものを書く上でのうっかり話のついでに、現実でのうっかり話を書こうと思う。

ところで、推理小説において、犯罪がうっかりから起った、というような設定はあまりないようだ。これでは犯人をつかまえてみても、つかまえ甲斐がないからだろう。

しかし、謎ときの場合は、犯人のうっかりを探偵が炯眼《けいがん》に発見する、という例は多い。

とにかく、現実にうっかりはわりに多いものである。そこで私のやった失敗で、いま思い出しても笑い出さずにはいられない話をいくつか書いてみる。

数年前の夜ふけ、私はホロヨイ機嫌で、京王電車で聖蹟桜ヶ丘駅に帰って来た。雨の夜だったので、タクシー乗場には、三、四十人の長い行列が出来ている。

で、私もそこへ並んだのだが、行列はなかなか進まない。そこでうちに電話して、女房に車で迎えに来るように命じようと思い、行列から離れて公衆電話にはいった。

ところが、さて、受話器をとって、私は自分の家の電話番号を覚えていないことに気がついた。——

それまで私は、外から自宅に電話をかけたことがなかったのである。

とはいうものの、私は郵便物を出すときに、電話番号入りの住所のハンコを使っているのだが、いつもそれをペタンと押しているくせに、その電話番号がウロ覚えなのである。「文芸手帳」のたぐいにはのっているのだが、それも携帯していない。

そこで、苦笑しながらボックスを出て、またタクシーの行列に戻った。

そして、雨の中に立っていたのだが、家まで歩けば、二キロくらいはあるだろうが、車に来てもらえば五分もかからない、と考えると、行列しているのが何とも馬鹿らし

い。——苦悶呻吟《しんぎん》のあげく、やっと0423—8×××という数字が浮かんで来た。

「しめた！　それだそれだ」

というわけで、また行列から離れて電話ボックスに駈け込み、その番号をまわすと、

「おかけになった電話番号は、現在使われておりません。もういちど番号をお調べになって、正確におかけ下さい」

という——この文句もウロ覚えだが——例の無情な声が返って来た。

はてな？　ちがったのかな？　と、悄然として、またタクシー乗場に帰る。これで行列のまたしっぽにくっつくことになる。

そしてまた何十分か待っていて、そうだ！　と私はひざをたたいた。やっと、0423—75—8×××という番号を思い出したのである。

またボックスに駈けてゆく。そして、その通りダイヤルをまわすと、また、

「おかけになった電話番号は……」

という、例の冷酷非情な声が。——

結局、私はカンシャクを起して、夜の雨の坂道を、多摩丘陵の上にある家へ、テクテク歩いて帰った。地元の駅からかける電話番号だから、0423は要らない。75—8×××だけでいいということを、中学生でも知っていることを私は知らなかったのである。

それほど迂闊な私が、これはまた、いらざるときに電話番号をおぼえていて、とんでもない失敗をやったことがある。

十年ばかり前、私はそのころ練馬に住んでいたのだが、ヨーロッパ旅行をした。その旅行で、私はヨーロッパの各都市で記念のため最低一つは何かお土産を買うことにした。そして、それをいちいち持って歩くのは大変だから、片っぱしから小包にして日本へむけて発送した。

ところが、帰国後、それが続々到着しはじめて――女房が、

「あらあら、これ、よく着いたわねえ！」

と、驚嘆した。

なんと私は、宛先の自分の住所の番地の代りに、ぜんぶ電話番号を書いていたのである！

よく郵便屋さんがとどけてくれたものだと思う。

＊

このあいだ坂東三津五郎丈がフグを食って死んだ。あれはキモを食ったからだが、シラコのほうなら大丈夫だろうと思う。

十何年か前の話である。このごろではデパートの魚類販売店でもシラコを売るようになったが、その当時は一般には極めて珍らしかった。

そのころ、ある編集者と池袋へいって、駅の近くの大衆食堂みたいな店で、フグのシラコ鍋を食べさせるところを教えられた。それが甚だウマく、しかもすこぶる安い。私は大いに気にいった。

そこで、ある日、家内とそのおふくろといっしょに西武デパートへ買物にいったついでに、両人にそれを食べさせることを思いついた。ちょうどお昼ごろである。

ところで私は、それまでその店でシラコ鍋を食べたのはいつも夕方で、果してお昼から店をひらいているかどうか、自信がない。

だから、両人をデパートの入口にちかいところの休憩所？　に待たせて、

「ちょっと偵察して来るから、ここに待っていろよ。動いちゃいけないぜ」

と、念をおして駈け出した。

いって見ると、店はひらいていた。

そこでまた息せき切ってデパートに帰って来て――私は立往生した。脳中ただシラコに充満していて、自分が、どこの入口から駈け出したのか、全然記憶がないのである！

で、デパートの前の通りを、端から端へ歩いた。またひき返して、歩いた。途中で、いちいち入口から中をのぞいては見たのだが、どこにも両人の姿はない。

いや、実にあの西武デパートは長いですなあ！　まるで万里の長城である。その長い長い壁面にそって、いったり来たり、何度往復したことか。足は棒のようになった。そのうちに、待たせておいたのは果して一階であったか、それもあやしくなって来た。

とうとうカンシャクを起し、いっそ放り出して帰ってしまおうとまで考えたが、財布は女房が持っていて、私のポケットには一円もない始末である。

一時間くらいたって、やっと見つけた。両人は熱心にしゃべり合っていたのだが、ちょうど物蔭になっていて、それまで見つからなかったのである。

「時々往来へ出てくれりゃ、こんな苦労はしなくてすんだんだ」

と、ヘトヘトになった私が苦情をいうと、女房はけろりとして、

「だって動いちゃいけないっていったじゃないの」

と、いった。

＊

私のようなものにでも、何をかんちがいしたか、ときに色紙を書いてくれ、などいう物好きな人がある。

しかし、私は、墨で字を書くなどいうことは、小学生のころ以来やったことがないので辟易《へきえき》して「そのうち書いておきますから」といって、色紙を預かりっぱなしにして、それで難をのがれることにしている。

それにこのごろ、作家の色紙などがデパートの古書展で大っぴらに売られるようになった。自分のものなど売物になるはずがない、と安心してはいられない。目録などを見ると、夏目漱石百何十万円、というようなものがある一方で、新人作家某氏の三百円、なんてのがならんでいることがある。めったにそんなものを書けたものではない。

この横着《おうちゃく》の罰を、てきめんに受けることになった。

私は旅行などしたときの宿帳には、いつも本名を書く。ペンネームを書いて、天下のだれでも知っているはずだなどと思うほどうぬぼれてはいないけれど、ただなんとなく気恥かしいからである。

ところが、数年前、中伊豆の温泉へ泊ったとき、ちょうど酒を飲んでいるときに宿帳を持って来られたので、うっかりペンネームを書いてしまったらしい。

すると、しばらくして、女中が、七、八枚の色紙と硯箱《すずりばこ》をかかえてやって来た。――女中のほかに、番頭、板前までの希望で何か書いてくれという。

内心、これは困った、と思いつつ、この依頼者たちに好意を持ったのと、またいささか酒のはいった元気もあって、じゃあそこに置いときなさい、と承諾した。

そして、やがて酒を飲みながら色紙をならべて、駄文を書きなぐりはじめた。

とにかくぜんぶ書いて、ふと、裏をひっくり返すと、金粉がちりばめてある。――あれ？　こっちに書くのがほんとかな？

さて読者諸君、色紙には純白の面と金粉をちりばめた面とが表裏になっている。そのどっちに書くべきか、みなさん御存知ですか？

私だって、人の色紙は何度も見ている。しかし、うっかりしていて、そのへんをたしかめたことがない。――

とにかく、ただの裏面に金粉がちりばめてあるわけがない、と考えて、私はその面にも同じ文句を書き出した。そこで、両面に文字を書いた色紙の珍物が出現したのである。

いい年をした作家が、色紙の書き方も知らないとはいい恥さらしだが、しかしほんとうをいうと、私はそんなに恥じてはいないのである。

あとになって知ったところによると、色紙というものは、書いてさしあげる相手が自分より身分の高い場合は金粉面に、相手の身分が下の場合は白紙面に書くものだそうだ。何とまあイヤラシイしかけになっているんだろう。そんなイヤラシイことは、今の世に、知らなくったって、べつに恥じゃない。

とはいえ、ふだんの不注意から来た私の失敗にはちがいないのである。

(5)

世の中のしくみや習慣で、もう少し何とかならないか、こうしたほうがいいのじゃないか、と思われることは無数にある。

これはだれだってその通りで、この世を鳴動させているあらゆる論争や意見はこういうことで、その中で私がそれに類した話を持ち出して見たってはじまらないのだが。

――ただ、ここでは、それが少々奇抜ではあるけれど、そのうちひょっとしたら実現するのじゃないか、と考えられる意見を、三つ、四つ書いて見る。

実際に、私が頭の中だけで考えたことが、実現しかかっていることもある。――

よく銀座銀座と世界の名所みたいにいうけれど、私は銀座の町を見て、べつに感心したことはない。ヨーロッパの小国の繁華街のほうが、はるかに豪奢ないし優雅な感じがする。それら小国の人口より多い東京の中心街としては、むしろ貧弱にさえ感じられる。

その理由はいろいろあるが、その中の比較的大きなものは、あの通りに、ところどころ二階ないし三階程度の建物が混って、歯のぬけたような景観を呈していることにある。

だから、十年ほど前、「銀座百点」に、妙な依怙地《いこじ》や趣味で、まだ銀座で二階建てで頑張っているような店主はコクゾクである、と書いた。

そのとき、こんな意味のことを書いた。

「いまいちばん庶民を悩ませている土地問題を見ると、猿が壺の金平糖《こんぺいとう》をつかんで、手がぬけないと騒いでいるような気がする。壺をこわしてしまえばいいのである。建物は上部の空間へのびればいいのである。

だから、たとえば銀座のある中央区の建築物は、ことごとく三十階建てくらいにする。すると、いまの中央区の全住民はむろん、隣りの千代田区の全住民もみんなはいってしまい、千代田区は宮城を残してガラ空きとなる。そうすると、あとの操作はラクになる。公園も公共施設も思うがままである。

とにかく、東京の少くとも環状線内は最低十階建てを義務とし、二階建てや三階建ての家からも、空間専用税として、十階建て分の税金をとることにしたらどうだろう」

事態は、それから十年たってもいよいよ悪化しているが――このごろ、新聞を見ると、「コロガシ方式」という言葉がチョイチョイ出て来る。どうやらその原理は、右の小生の案と同じらしい。

人間の考えることは同じようなものだな、と思い、また自分の思いつきもそれほど突飛なことでもなかったのだな、と考えて、安心した。実際、都市問題を解決するには、これよりほかに法はないだろう。

それからまた、事故や事件が起ったときの賠償問題について、こんなことを考えた。いま自動車事故や航空機事故で被害者が出れば、何千万円かの補償金が支払われる。そのため保険があるのだが、とくに個人的な自動車事故の場合、保険だけで事がすまない場合が多い。

しかし、事実は、加害者も一面被害者であるケースが少くない。少くとも、悪意があって事故を起す人間は、まあない。しかるに、この悪意なき加害者が補償金に苦しむ。

一方で、これは完全な殺人事件では、被害者に対する補償はない。しかも、何かいわく因縁があって殺されるならともかく、ゆきずりの暗闇で強姦されて殺されるとか、例の牙や狼の爆弾でたまたま現場に居あわせて吹き飛ばされるとか、まったく罪なき被害者は、まるまる殺され損となる。

これはまったく不公平だ。

ともかくも国家は国民の生命と財産の安全を保証する義務を負い、そのために国民は税金を払っているのだ。——ただ、それがいままで放任されて来たのは、弁償能力のない犯人や迷宮にはいってしまった犯人に代って、いちいち国家が払っていると、その費用が大変なものになるからだろう。しかし、現実としてはやはりおかしいことにはちがいない。

と、思っていたら、このごろ、こういう被害者にも国家が補償せよ、という運動が起きて来たようだ。実現の可能性はともかく、論理的にはたしかに一理がある。

＊

以上は私以外にも同着想同意見の人があった例だが、まだ同見解はないけれど、世のしくみや習慣に一言あって、しかも一理あるような私の思いつきを述べて見よう。

私は、学生時代はむろん横書きのノートをとっていたのだが、ふつうの読書では、横書きはどうも頭にはいりにくい。横書きの百科事典など、持て余している。習慣もあるかと思うが、漢字やカナはやはり型態的に縦書きに向いているのだろう。

しかし、現実には、どうしても横書きにしなければならない場合もある。看板、標識のたぐい、それから新聞の大見出し、などがそうである。

これを戦前は、右から左へ書いていたのだが、戦後は、左から右へ書くようになった。

それにも理由はあるのだろうが、その結果、同じ看板や同じ紙面で、横書きは左から、縦書きは右から、という視覚上、また視覚運動上、甚だぶざまで反能率的な矛盾を強いられることになった。

そこで考えたのである。

縦書きはいいのだが、これを左から右へ、行を移してゆくことにしたらどうだろう。

そうすると、右のごとき不体裁な紙面を見る難儀が解消するのみならず、書いているほうも、筆を持つ手がよごれる心配がない。

書物は洋書式に左へひらくかたちになる。

こうやって、どこか不都合なことがあるかしら? それは、はじめは変だろうが、この馴れは、横書きよりも、もっと馴れ易いと思う。

私は、いつかそのうち、日本の新聞や雑誌が、きっとこの左からの縦書きに統一されるときが来ると考えている。

……とはいえ、推理小説など、はじめはまちがえて、真っ先に犯人がつかまる場面を読んでしまうかも知れませんナ。

*

死刑は廃止すべきか、存続すべきか。

これは大問題だが、現実にはやはり簡単に廃止というわけにはゆかないだろう。

死刑を望む心理には、どこかに原始的なものがあるとは思うけれど、たとえばさっき述べたように、ゆきずりに強姦され、惨殺された娘を持つ親など、なんの補償もない上に、犯人がつかまっても死刑にならず、ただ懲役になって、結局自分の払う税金でその男を養う、などいう始末になってはやり切れない。——実際は、このごろ裁判が寛容になって、そんな例が多くなった。一人や二人殺したくらいではまず死刑になる心配はない、と思われるほどである。

ともかくも、しかし現実に死刑はある。

私なども、正直にいって、死刑を宣告された犯人の犯罪を見て、これじゃ死刑ももっともだ、と思うことが多い。いや、それどころか、これはふつうの絞首刑ではあき足りない、と考えることさえある。

それは、原則として、犯人が、自分よりも弱い者——女性や子供など——を虐殺したような場合である。

ところで、いま存在する死刑は、日本では絞首刑一種だが、徳川時代は、磔《はりつけ》、火あぶり、斬首、切腹といろいろあった。

それが絞首刑だけになったのは、果して進歩か。

福祉政策でも中小企業対策でも、政治はキメ細かくやるのが進歩だそうだ。この見地から見ると、死刑を大ざっぱに一種類だけにしてしまったのは、退歩であり、横着ではあるまいか。

どうせ死刑をやるなら、やはりいろいろ種類をとりそろえて見たらどうだろう。

アメリカには電気椅子があり、アラブには投石刑があり、あの優雅なフランスでは、死刑はいまでもギロチンである。まさか、磔、火あぶりにしろとまではいわないが、さしあたって斬首刑を復活させて見たらどうか。

これにはべつに効用がある。

例えば、例の大久保清が、七、八人殺していることはほぼ確実なのだが、二、三人を白状しただけであとは白状せず、警察が往生したことがある。「どうせおれは死刑だ。あとはあの世へかかえこんでゆく」と大久保はそらうそぶいたそうだが、そんな場合、あときれいに白状すれば絞首刑にしてやるが、これ以上手古《てこ》ずらせるなら斬首だゾ、といってやれば、爬虫類を自負する大久保クンも、たちまち金切声でペラペラしゃべり出したに相違ない。

何だか、山田浅右衛門の子孫みたいな気分になって来た。

＊

しかし、実際は斬首刑や絞首刑より、ふつうの人間のふつうの死に方のほうが、はるかに残酷なのである。

眠るがごとき大往生という例もないではないが、それはきわめて稀で、百人中九十何人までが惨澹《さんたん》たる苦悩のうちに息をひきとってゆくのである。病院や医者が、かえって拷問人となっていることが多い。

しかも、一生さんざん悪いことをしたやつが極楽往生をとげて、世のため人のため尽した善人が、大苦しみに苦しんでゆくことが多いのだから、この世はどうかしている。

そこで、これは私の発案ではないが、例の「安楽死」は是非法律的に認めて欲しい。安楽死に対する反対論——安楽死に見せかけた殺人の起るおそれがある、とか、いつその病気が快癒する奇蹟的治療法が発見されるかわからない、とか、ヒューマニズムに反する、という論は、きわめて稀な例か、子供じみた期待か、あるいはかえってヒューマニズムに反した論である。

安楽死をみなまともにとり合わないのは、ただ自分が死ぬということについての空想力が不足しているからに過ぎない。しかしそれは、いつか、だれにも、必ず来る運命なのである。

むろん反対論者は、安楽に死ななくても御自由である。ただ本人がみずからの意志によって望むなら——そして、ほかに家族、複数の医者の承認その他必要な数条件が満たされるなら、苦痛なく、尊厳を保ちつつ死ぬことが許される、ということは人間の最後の権利として認めてもらいたいものである。

あるいは、このことが、いまのいまも、この世で最大の緊急事であるかも知れない。即刻議会で提案する議員なきや。

(6)

このごろ、べつに必要もないのに、ふと伊藤整の「日本文壇史」を読み出したら、面白くてやめられず、ついに全十八巻を読み通してしまった。

何より胸を打つのは、明治の文学者の貧乏ぶりである。肺結核で死んだ人が多いが、それももとは貧乏による栄養不良だ。

北村透谷、樋口一葉、高山樗牛、川上眉山、斎藤緑雨、国木田独歩、石川啄木、二葉亭四迷、正岡子規、長塚節——等、等、ことごとく結核か自殺、しかもその原因の大半は窮乏によるものと見られる。

まさに全軍、貧乏と肺病で、算を乱して斃《たお》れてゆく光景を見るようである。

宇野浩二が「貧乏と病気と女を知らなければ作家になる資格がない」といったのもむべなるかな。

＊

明治時代の作家がいかに貧乏であったかを知るに足る文章がある。これは「日本文壇史」ではなく、中村武羅夫の「明治大正の文学者」だが、私家版で、一般には売り出されていない本なので、ちょっと紹介しよう。

「明治四十年のたしか五月のころだったと思う」

と、中村武羅夫は書いている。彼は大町桂月を訪れた。

「新宿の角筈だったか、ごみごみした路地の奥の、玄関とも三室くらいの狭い長屋だったが、家賃は多分、五、六円程度のものだったろう。壁の黄色い安普請《ぶしん》だった」

現代の新宿の角筈ではない。そのころは場末どころか、まったく郊外といっていい町であったろう。そして大町桂月は、当時は日本で最も著名な作家であった。

桂月が妾のお柳に酒の支度を命じると、お柳は、

「皿《さら》を風呂敷にくるくると包んで、ちょこちょこと出かけていったと思ったら、五色揚げを買って来てチャブ台の上にのせ、お銚子をつけた。桂月は、僕にも飲まないかといって盃を出した」

五色揚げとは、精進揚げのことである。

それからまた――と、いっても同日ではないが――中村武羅夫は、岩野泡鳴を訪れた。泡鳴も妾に酒の支度を命じた。

「私はその日、昼前から英枝さんの手料理で酒の御馳走になったのだが、その手料理

というと、何とナマの豆腐だけなのである。冷《ひや》やっこ、大いに結構であるが、ヤクミもなければカツオブシもなく、ナマの豆腐を醤油につけて、それをムシャムシャと酒の肴《さかな》にするのは、いくら書生の私だって、それが初めてのことだった」

現代で、ともかくも客に御馳走しようというのに、冷やっこだけというのはむろん、お惣菜《そうざい》屋の精進揚げだけで飲ませようという人は、まああるまい。

——と、思っていたら、この間、森岩雄氏の「私の芸界遍歴」という本を読んでいたら、森氏が、天ぷらはどこでなければならない、鰻はどこそこに限る、鮨《すし》はあそこは駄目だ、中華料理はどこそこが一番だ、とか、しゃべっているのを、苦々《にがにが》しげに聞いていた徳川夢声が、

「お前さんには、ほんとうにウマいものがわからない」

と、評した。

そこで森氏がむっとして、「あんたのいうほんとうにウマいものとは、どこの何という食物《くいもの》だ」と聞くと、夢声はすまして、それでは何日にうちへ来いといった。

残暑の一日、森氏が夢声邸を訪れると、打水をした庭に面する座敷に通され、やがて出て来たのは、大皿に溢れんばかりの冷やっこであった。

それから茄子《なす》の味噌汁と漬物に飯。食後に西瓜一片。ただそれだけ。

「ほんとうにウマいのはこれだ」

と、夢声が一笑したという話が書いてあった。

まるで「今昔物語」にもありそうな話で、生きる達人徳川夢声の面目躍如たるものがあるが、ただしこれはやはりへそまがりの一夕の風流にとどまる。

泡鳴の場合は、風流ではなく、日常の客あしらいとして冷やっこを出したのである。

その明治四十年ごろというと——漱石の「門」が明治四十二年の話だが——「明治大正の文学者」によると、米一升十一、二銭、正宗一合飲屋で六銭、そばのもりかけ二銭、とある。

物価の上昇は物によってちがい、値段も店によってちがうから、一概にはいえないけれど、いま昭和五十年四月現在、町のそば屋のもりかけがだいたい二百円くらいだから、そばなら一万倍、酒ならお銚子一本二百五十円くらいだから四千倍、乱暴な話だが、平均まあ七千倍としよう。

すると、当時の文豪大町桂月先生は、家賃三万五千円か四万二千円くらいの家に住んでいたということになる。

ただ、感服するのは、この程度の生活で、泡鳴も桂月も、ちゃんとオメカケさんを持っていたことである。

ついでにいえば、漱石の「門」は、御存知のように「日照権」のまったくない崖下の——おそらく三間《ま》くらいの——小さな家に住む夫婦を描いたものだが、主人公は穴のあいた靴も簡単に買い換えることが出来ないほどの安月給取りでありながら、ちゃんと女中だけはいる。

当時における「女性」の安さよ！

豆腐と精進揚げだけで文句をいわなけりゃ、私だって妾の二、三人は召し抱える。

さらについでにいうと、高村光太郎の父光雲の、江戸末期の話に、

「すし一個八文。

ざるそば十六文。

夜鷹（売春婦）二十四文。

米一升四十文。」

と、ある。

いまたとえ、どんな女を買うにしても、すし一個プラスざるそば一枚分というわけには参るまい。鮨《すし》はみなさま御存知の通り、またそばは右に述べたごとく、ほかの物価にくらべて特に高くなった部類に属するが、それにしてなおかつ然りである。

太平洋戦争後、強くなったのは靴下と女だそうだが、上ったのは土地と女だろう。

女性の値打ちが上ったのは、まあ結構なことである。

＊

明治の作家の貧乏の話から物価に及んだついでに、家賃の話をしよう。

明治三十五年から三十六年にわたる子規の「仰臥漫録」によると、そのころの子規の収入一ヶ月五十円、一ヶ月の生活費三十三円ばかり、そのうち家賃は六円五十銭とある。

これに右の七千倍の換算率を適用すれば、それぞれ三十五万円、二十三万円、四万五千円くらいになる。

ややあとになるが、漱石は三十五円の家に住んでいたというから、二十五万円くらいの家賃になる。相当に高級なマンションにあたるだろう。

漱石や鷗外は例外的に経済に恵まれていたほうだが、それにしても漱石もサツマイモの味噌汁を飲んでいた描写が「猫」にあり、軍医総監の鷗外も、茄子《なす》の煮たものと茄子の漬物、それに茄子の味噌汁で平気で食事をすませていたというから、特に鷗外など、武士道的ストイシズムから簡素な生活を志していた点があるとはいえ、貧しい作家たちに限らず、一般に食事は質素を極めていたのである。

肺病だって作家に限ったわけではなく、当時の国民病だったのだ。

＊

それはそれとして、子規の食欲には驚く。

例えば、明治三十四年九月七日の記録では、

〔朝〕粥三椀、佃煮《つくだに》、茄子と瓜の漬物、牛乳五杓、塩センベイ三枚。
〔昼〕粥三椀、カツオの刺身、味噌汁、西瓜二切、梨一つ。
〔間食〕菓子パン十個余り、塩センベイ三枚、茶一杯。
〔夕〕栗飯《くりめし》三椀、サワラ焼、芋煮。

翌日の九月八日は、

〔朝〕粥三椀、佃煮、梅干、牛乳、菓子パン数個。
〔昼〕粥三椀、カツオの刺身、フジ豆、佃煮、梅干、梨一つ。
〔間食〕菓子パン数個、牛乳。
〔夕〕粥二椀、焼イワシ十八尾、イワシの酢のもの、キャベツ、梨一つ。

という始末である。これが、肺病が進んでカリエスとなり、全身から膿《うみ》をしたたらせて苦痛に「号泣」している半死半生の男の食事なのである。

しかし、これだけの食欲の持主だからこそ、見ようによっては文学的に漱石に一歩も譲らないほどの偉業をなしとげたのであろう。

とはいえ、量はとにかく、その食事の内容を仔細に点検すれば、いかにも貧しい。内容が貧しいから、これだけ大食出来たともいえる。

それにくらべて、現代のわれわれは何とぜいたくな食事をしていることか。われわれというのは、われわれ作家は、という意味でもあり、われわれ現代の日本人は、という意味でもある。

極端な例は除き、一般的に見て、いまの日本の家庭のどんな食事でも、栄養的には明治の貴族階級にまさるのではないか。初任給のサラリーマンの食事でも、豊臣秀吉の食事にはまさるのではないか。

そしてまた、これから百年たって、衣や住にどんな進歩が起ろうと、食事の点だけでは現代以上の進歩はないのではないかとさえ思われる。いくら豊かになっても、生理的に毎日ビフテキばかり食っていられるものではないからである。

＊

作家の食事といえば、永井荷風は、この点でも妖人だ。

荷風は女性の下半身以外は、すべての男はむろん女の上半身にも興味はなかったのではないかと思われるが、もう一つの本能、食事にもきわめて無頓着であった。

もっとも晩年の話だが。――最後は、ゆきつけの大衆食堂のカツ丼《どん》を食って、その夜、それを血とともに吐いて独り死んでいったのだが、ふだんも一粒残さず食べていたというのだから、食欲は衰えなかったのだろう。

それ以前、敗戦後の自炊生活も、土鍋の飯に野菜屑など投げ込み、ひっかきまわし、常人にはほとんど口にするに堪えないものを食って恬然《てんぜん》としていたという。敗戦後といっても、荷風ブームで、当時の金として何百万円か何千万円か持っていてである。

その前両三年間ほどの耐乏生活の名残りばかりではあるまい。これは荷風の、肉体的というより精神的なボケのせいだと思われる。そして人は、老いてボケると、幼少時の習性に戻るという。

ただ荷風は、ほかの作家にくらべて、出身も、世に出てからもきわめて恵まれていて、そんなに貧乏な暮しをしたはずはないのだが、やはり明治そのものの貧しさがよみがえり、具現して来たのではあるまいか。

そういえば、私の故郷の家に遠縁の老女が九十歳近くまで養われていたが、死ぬ数年前から完全にモーロクして、家じゅうのボロキレやら紙屑やらを懐《ふところ》や袂《たもと》に詰め込んでいて、ときどきそれを吐き出させるのに手を焼いたことがある。私の知る限り、実に平穏な暮しをしていたはずで、どうしてそんな浅ましい習癖を発揮しはじめたのか、と、ふしぎに耐えなかったが、これも幼年時――明治時代にシミついたものが出て来たのに相違ない。

私なども、二十歳《はたち》前後に、戦争期の大窮乏を身をもって味わった。

そこで私の怖れるのは、これからだんだんボケてゆくと、そのころ叩き込まれた耐乏の習性が、右の例のごとくニューッと出て来やしないか、ということである。「戦中派」はみなこの危険がありますゾ。

「安楽死」は、この点からも望ましい。

（7）

たいていの物価にはおよそ見当のつく人も、いま墓を買おうとするとどれくらいするものか、あまり御存知ではないと思われるので、御参考までに？　その話をしようと思う。

理屈は理屈として、いざ実行するとなるとなかなかそうはゆかないという例は無数にある。次の話もその一つだが。——

実は私は「葬式無用の会」という会にはいっている。べつに葬式に費用がかかるからではない。葬式をやると、みんなそれぞれ忙がしいのに、義理で時間をさかねばならず、ゆけば殊勝らしい顔でおくやみを述べねばならず、まことに人迷惑な行事だ、と考えていたからだ。

いいえ、誓っていうが決してひとさまの葬式にいったとき、そんなけしからんことを考えたわけではない。まったく自分の葬式のときのことだけを想像して、そう思案したのである。

人間が死ぬということは、当人にとっては最後にして最大の悲劇だが、客観的に見ると、何だか滑稽な感じがしないでもない。あれだけ、生きるために、また生きているからこそうるさく騒ぎたてていた人間が、当り前の話だが、ふいにものをいわなくなり、急におとなしくなってしまうのが、何となく可笑しいのである。

そして、生きている連中は、神妙な顔でその死骸におくやみを述べて、門を一歩出るともうその人のことなどきれいさっぱり念頭になく、今夜イーチャンやるか、など考えている。——

人間が死ねば、ほんとうに悲しむのは、ふつうせいぜい数人だろうし、またそれだけあれば結構である。

　そこで、葬式の効用を説く人の中には、その煩わしい儀式によって、悲しむ人の当座の悲しみがまぎれるから、というのもあるけれど、悲しみをまぎらせる手段にしては、仕掛が大仰過ぎる。また、人さまに迷惑をかけ過ぎる。悲しむ人がもしあるなら、ひっそりと心ゆくまで悲しませればいいではないか。そして、ほんとうに悲しむためには、同様の理由で葬式がじゃまになるだろう。

　また、たいてい坊さまを呼ぶことになるのだが、全然仏教の信者でもないのに、坊さまを呼ぶというのも気にくわない。その坊主にまた欲張りが多く、戒名にも段階があって、院号などつけるには、相当のお布施が要《い》るらしい。

　――と、書いて、思いついたことがある。

　何も院号など、お寺からもらうに及ばない。勲章や博士号などとはちがう。ペンネームと同じことだから、各自勝手に好きな院号をつければよかろう、と思うんですが、どうですか。どこからも決して文句は来ないはずだ。もっとも坊さまは商売の権利を侵害されて、さぞ怒るでしょうね。

　ただし、私個人はむろん院号など全然要らない。本名だけで結構である。

　どう考えても、葬式は無用のものである。

――と、思っているところへ、葬式無用の会からお誘いが来たから、まことに同感の至りであると共鳴して、早速入会金を払った。

ところが、はいるにははいったが、そのあとでつくづくと思案してみると、どうもそう簡単に事は運ばないようだ。

私は、自分の葬式のことばかり考えていたのだが、たとえば女房が死んだとする、子供が死んだとする、その場合に、葬式をしないで、ただ骨を土の中へ放り込んで、それでサバサバした顔をしていられるだろうか。――おそらく、やはり何かやらずにはいられないだろう、と思い当ったのである。

立場を変えて見ればだれの場合も同じことである。

それでもまだ女房にはいう。

「おい、おれが死んでも、ホントに葬式は要らないよ。是非何かやりたいなら、そうだな、来てくれた人にうんと御馳走して、マージャンでもやってもらってくれ」

女房はニヤニヤしている。それをなお押して誓約させる気力がない。

いくら誓約させても、そこがそれ、こっちが死んでしまったあとでは、もう口はけず、永遠におとなしくなってしまっているのだから、どうしようもない。

＊

葬式は無用と考えていたが、しかしお墓は要るナとは思っていた。とにかく骨箱をそこらに散らかしておいては目ざわりだし、どこかに始末する必要はある。船から海にバラまいて、などいってみても、生き残った人間がとうていそんなことをやってくれそうにない。

むろん田舎には先祖代々のお墓があるのだが、事情があって田舎の家はいま無人だし、そこへ葬るとすると、かえっていろいろ煩わしい俗事が生ずる。

そこで、おととしの夏、ふと発作的に思い立って、八王子の奥にある霊園を視察にいった。人間、五十を過ぎると、四十代以前には想像もつかなかった妙な事が気にかかり出すものらしい。

重畳《ちょうじょう》たる山の中に、広びろと階段状に作られた墓地で、なかなか住み心地がよさそうだ。

「なるべく見晴しのいいところがいいな」

など馬鹿げたことを考えたが、しかしだれも墓を買うときそんなことを考えるものじゃないか知らん。

とにかく一区画を買っておくことにしたが、さて霊園のほうでは、墓地を買っただけで放っておかれちゃ困る。一年以内に、御影石《みかげ》の囲いをして墓を作ってくれという。

「だって、うちじゃまだだれも死んじゃいないんだぜ。何年か先に初代として僕がはいることになるだろうが、それはいつのことか未定だ。まだ墓を作るには早過ぎる」

と、いってみたけれど、それが条件になっているという。

そこで、結局この話は御破算にすることにした。

ところが、そんなやりとりをしていると——ある真夜中、二晩つづけて、二人の女性から電話がかかって来た。

一人は、十年ほど前、ヨーロッパ旅行をしたときに知り合った人で、ただそれだけの縁の女性だが、これが深夜突如電話をして来て、

「先生……わたし、西瓜を食べていいんでしょうか、悪いんでしょうか、どうぞ教えて下さい。……」

と、訴えて来たのである。

「?」

あっけにとられていると、向うは細ぼそと絶えいるように、同じ問いばかり繰返す。

西瓜など、食いたきゃ勝手に食えばよかろう。食いたくなければ食わなきゃよかろ

う。と私は考えたが、それよりもぞっとした。

あとで聞くと、その女性は一種のノイローゼにかかって、夢遊病的にそんな電話をかけて来たものらしい。

ついで翌夜、また別の女性から電話がかかって来た。それは二十年以上も前につき合いがあったが、その後結婚していま仙台に住んでいる女性であった。その後、べつに何の音信もなかったのに、彼女は突然必死の声を送って来たのである。

夫が不本意な転勤命令を受けたので、いっそいまの勤めをやめて、アマゾンの開拓にゆこうか、と相談しているのだが、どうしたものでしょう？

まあ、アマゾンはよしたがよかろう、と返事をしたが、これはとんだ「女難」つづきだ、と苦笑した。

ところが、そのまた翌日に至って、突如私は倒れた。ギックリ腰が起ったのだ。

私はずいぶん前からギックリ腰の持病があるのだが、しかしただ腰が痛むだけで、数日間寝ていれば自然に軽快するのを常とした。ところが、そのときのギックリ腰たるや、数秒と立つはおろか、坐っていることも出来ないという猛烈なもので、ついに生まれてはじめて二十日間ばかり入院のやむなきに至ったほどである。

「死にもしないのに墓なんか買おうとしたから罰《ばち》が当ったんだ」

と、迷信ぎらいの私も、とうとうこう呟かないわけにはゆかなかった。

＊

それから二年たって、何かのはずみに、いや、やっぱり墓は要る、と考えるようになった。自分のためばかりではない、家族だっていつかは死ぬのである。

そこで、また二年前の霊園にいって、こんどはとにかくほんとに一区画買って来た。そこでその値段だが、間口三メートル、奥ゆき五メートル、すなわち十五平方メートルで八十八万円だという。場所により多少のちがいはあるだろうが、これが昭和五十年現在における東京近郊の墓地の値段である。こういうものの価格は年々変るから、記録としてここに紹介しておく。

「いえ、お求めになった方の四割は、まだ生きていらっしゃる方が自分用にお買いになったので、どうやら死んでもとうてい息子が自分の墓を作ってくれそうにない、という親子断絶のお客さまが多いようですな」

と、係員がいったのに苦笑した。

ところで墓作りだが、これを一年以内に、という例の条件には抗議する客が多いらしく、それは二年ということにした、何ならもっとのびてもかまいませんよ、と、係員はいった。それも銘々勝手に木柵みたいなものを作られると、ほかの墓との統一を乱すので、一定の形式は守ってもらわなければならない、と、いい、その一定の形式による墓作りは、私の求めた面積でまず二百万円から三百万円だという。

へへえ？　と私は眼をまるくしたが、地獄の沙汰も金次第というのはほんとの話ですね。

「いったい、生きてるうちに墓を買うなんて、オメデタイ話なのかね、それともワビシイ話なのかね」

と、話しているところへ、年のころは七十過ぎ、孫らしいお嬢さんに支えられた老人が、ヨタヨタと山道を上って来た。

「まあ、あれくらいになりゃ、墓を買いに来てもおかしくはなかろうが」

と、広い山中だから、それまでのつづきでつい大声でいったら、女房にイヤというほど胴ッ腹をつつかれた。

「あんな大声で、聞えるわよ。……ほら、こっちを見てるじゃないの」

近くに菊田一夫さんの立派な墓があった。

「菊田先生は先日が御命日だったのですが、まああれだけ艶聞のあったお方でも、死ねば人間おしまいで、ほとんどお詣りの御婦人もありませんナ」

と、係員がいった。

「なに、べつに不人情というわけじゃないさ、生きてる人間はみんな忙がしいからネ」

と、私がいった。

べつのもっと高いところには、ある有名な予備校の院長先生の墓があった。これもまた御生存中だそうだが、菊田先生の墓とはまた一段と立派な——家が一軒建つのではないか、と思われる広さで、実際その中に、将来詣でる人が「故人」の遺徳を偲んで語り合えるように、石の卓と数個の椅子まで設けてある。

劇場より予備校のほうが商売としてワリがいいと思える。

すべてこれ哀れな受験生の血と涙が結晶したもので、その豪華な墓を吹く風に、何十万人かの浪人の悲叫の声が聞えるようであった。

そういえば、いつの日か墓が出来たら、私は石にこう刻ませるつもりである。

「山の上には

風吹くばかり」

(8)

まことに迂闊な話だが、私は、鷗外が死んだ年に自分が生まれたとは気づかずにいた。

鷗外が私に転生したとはだれも思わないから、べつに驚くことはないかも知れない。だいいち、私の生まれたのは大正十一年一月であり、鷗外が死んだのはその七月である。

鷗外は、人並みに私も尊敬しているから、その年譜などいっぺんくらいは眼を通したこともあったろうし、例の有名な、

「余ハ石見人森林太郎トシテ死セントス」

という遺言も知っているのに、それが書かれたのが自分が生まれた年だとは、いままで連結して考えたこともなかった。

だいたい人は、自分の生まれた年に何が起ったか、たとえば太平洋戦争の始まった年とか終った年とかに生まれた人は、親に特別の感慨があるだろうし、それについて物語ることもあるだろうから、何らかの印象を持っているにちがいない。しかし、そ

んな歴史的大事件の起らなかった年に生まれた人は、ほとんど無関心なのではなかろうか。

それも当然だ。生まれた年はむろん、幼少時に、世相につらなる記憶があるわけでなし、またそのころ何が起ったか、知って見たところで何の役にも立たないからである。おそらく私も、そんなわけで、大正十一年はどういう年であったか、特別に調べて見る気も起らなかったものと思われる。

しかし、何の役にも立たなくても、知って見れば、やはり一興ではある。

そこで、鷗外の死んだ年ということに気がついて、はじめて大正十一年の年表を見ると、大隈重信が一月に、山県有朋が二月に、どちらも八十五歳で死んでいる。明治の残光が完全に消えた年といってよかろう。

芥川龍之介がこの年「将軍」を書いたのは——書くことが出来たのは、その象徴といっていいかも知れない。芥川はやはりこの年「藪の中」「お富の貞操」「六の宮の姫君」などの名作を相ついで発表している。

何だか恐ろしく古い話をしているようだが、同じ年に外国では、ジョイスが「ユリシーズ」を、マルタン・デュガールが「チボー家の人々」第一巻を、ロマン・ローランが「魅せられたる魂」を発表しているのである。こうなると、それほど古い話をしているようでもない。

推理小説では、江戸川乱歩が世界推理小説ベスト・ワンにあげた、フィルポッツの「赤毛のレドメインズ」がこの年である。

その乱歩先生はこの年二十八歳で、失業したまま大阪の父の家に居候をして、居たたまれないような思いをしながら、「二銭銅貨」を書いた。それが夏のことで、十二月にこの作品を「新青年」の編集長森下雨村に送った。ここで雨村の「ドストエフスキーの処女作を読んだベリンスキーの喜びそのまま」という伝説的な邂逅《かいこう》が生じ、大袈裟にいえば、この年日本の推理小説に黎明の鐘が鳴りはじめたのである。

「週刊朝日」と「サンデー毎日」が創刊された。「お手々つないで、野道をゆけば……」の「靴が鳴る」や、「チーチーパッパ、チーパッパ……」の「雀の学校」の歌が世に出て来たのがこの年だということも、いままで私は知らなかった。

こういうことを知らずに、私は母親の乳房を吸っていたのである。――

どんな平凡な年でも、調べればこれくらいのことはあるだろう。知ったところで、べツにどうということはないのだが、おそらく私の体験から、たいていの人が自分の生まれた年については案外無関心だと思われるので、御一興までにそれぞれ調べてごらんになることをおすすめする。

＊

こういう面白さは、その年に生まれた当人しかわからない。右の例でも、大正十一年に生まれた人間だけが、はじめて、「へへえ、そんな年であったのか」と感慨を催すにちがいない。

以上は、想い出ですらない、後年さまざまな年表や年譜を見て知ったことだが——一般に、とりとめのない幼年時の追憶は、おかしいことに、未来につながる「孫」の話に似ていやしないかと思う。

私にはまだ孫はいないけれど、世に孫の話をするほど老人のよろこびはないという。当人にはこれほど哀切で、他人にはこれほど興味のない話はない。そこが幼少時の想い出話と一脈相通ずる。

そういう話は、やはり本人だけが胸に抱いて、永遠の世へ運んでゆくしかないだろう。

＊

そのことを重々知っていながら、こんな話を書き出したから、ついでに幼年時の記憶を一つ書いて見る。

このごろ、例の六十年だか七十年だかの周期説から、遠からず大地震が起るという予想で、みな戦々兢々としているようだ。

私も、やはり起ると思う。戦後、大地震が起らなさ過ぎた、と思っているくらいである。この点も、戦後の日本の繁栄が奇蹟的であるのと符を合している。

昭和二十年前は、戦争も多かったが、地震まで多かった。

例の関東大震災は大正十二年だが、むろん私は知らない。だいいちそのころ私は一歳半で、但馬の山村でヨチヨチ歩きをしていたのである。

ところが、それとは別に、地震についての記憶がある。

ある夜、私は明るい電燈の下で、母がスキヤキの用意をしているのを眺めていた。するとと、大震動が来た。

医者の父は、そのとき診療室のほうへゆこうとしていた。私を抱いて外へ飛び出したのは、そこからとって返した父であった。そして表口をあけて出ようとしたのだが、それがうまくひらかず、母ともみ合い、ひたすら狼狽した。——

こういうと、母は、ただ私を放り出して逃げたようだが、スキヤキの用意はしていたものの、その瞬間に母は私のそばにいなかったのかも知れない。父は私の五歳のとき、母は中学生のころなくなったので、いま私の記憶をたしかめるよすがない。

その晩、村の人々がたくさん私の家に集まって来たことを憶えている。私の生家は、昔本陣であった建物だとかで、大黒柱は一尺角くらいあるので、そのため安全を求めてみなやって来たのだろうと思われる。そして、泊るにはその人数が多過ぎて、庭までむしろと蒲団を敷いて寝ていた光景を思い出す。

これがいつのことか、私ははっきり知らなかった。

そこで調べて見ると、大正十四年五月二十三日、「北但馬烈震」というのがある。マグニチュード七、死者四二八人、全壊家屋一二九五軒。この年私は満三歳四ヶ月。ついで、昭和二年三月七日に「北丹後地震」――ここも近い地方である――というのがある。マグニチュード七・五、死者二九二五人、全壊家屋一万二五八四軒、焼失三七一一軒。この年私は満五歳二ヶ月。

さあ、この二つのどちらかがわからない。私は南但馬だが、北但馬もまあ地元といっていい。しかし、記憶力の点から考えて、「北丹後」のほうではないかと思う。

昭和二年というと、その秋に父が脳溢血で亡くなったから、私を抱いて逃げたのは、最後の父性愛ということになる。

＊

地震の想い出で、「地震、雷、火事、おやじ」という言葉を想い出した。

「雷」というやつに、私は比較的平気である。いわゆるピカリゴロゴロくらいでは、それがどんなに猛烈でも驚かない。

それは中学生のころ、いちど何とも物凄い雷を経験しているからである。雷が周囲に落ちるときは、ゴロゴロなんてものじゃない。ダダーン、ダダーン、と、まるで爆弾でも落ちたような音がする。それは閃光と一瞬である。ピカリ、ゴロゴロでは、どんなに大音響であっても、あれは少なくともどこかに落ちたあとの遠雷に過ぎないと承知しているからである。

「火事」は、空襲で体験した。これはまったく、町中、火の海と化した中を、貯水槽に飛び込んで全身水だらけになって逃げた。

「おやじ」は、右に述べたごとく、私が五つのときに死んだから記憶はない。

ところで、こっちがおやじになって、このごろ考えることがある。「雷おやじ」という言葉がある。これには猛烈の意味のほかに、「突如」という語感があるように思う。

おやじというものは、突如怒り出すので、こういう言葉が生まれたのではないか。なぜ突如怒り出すか、ということが、おやじたる自分自身の体験としてわかって来たのである。というのは、父親というものは、子供の行状を見ていて、いろいろ気にくわないことがあっても、じっとがまんしている。なるべく叱るまい、いちいち叱言《こごと》をいうのはやめよう、とみずからを制している。

それがあるとき、がまんの緒が切れて、突如爆発して怒り出すのである。息子たるものは、おやじの「突如」には、それまでに深い深い仔細が積み重ねられていたことを思うべきである。

＊

しかし、何がこわいかといって、戦争ほどこわいものはない。

私の体験したのは空襲だが、地震や火事や雷やおやじは、それ自体に悪意はないけれど、爆弾には悪意がある、それはどこにいても自分を狙って落ちて来るような恐怖がある。

そこでまた思うことがある。

自分の世代や、ましてや自分の生まれた年を特別視するのはばかばかしい、ということを承知の上でいうのだが――いつか、人口統計表を見ていたら、大正十年、十一年、十二年生まれの人間の人口が、それ以前に生まれた人よりむしろ少ないことを知った。特に大正十一年の落ち込みが甚しい。男の人口だけなら、もっとこのことは歴然とするだろう。

幼い日の想い出の中に動いていた友人たち――いちいち指を折って数えると、あれも戦死した、これも戦死した、と憮然たることが多いが、いかにも大正十一年生まれは、太平洋戦争勃発のとき十九歳、戦争の終ったとき二十三歳、つまり、どんぴしゃり兵隊としての「死にどき」であった結果がこれである。

若者に成長してから投げ込まれる運命を知らないで、幼いわれわれは歌っていた。飛びはねていた。――

この地球上に起ったことの原因をたどると、すべては無限に歴史を遡《さかのぼ》ってゆく。だから、その中の一つをつかまえて、これが原因だと断定するのは愚かなことだ。だが、イタリアのムッソリーニがローマに進軍してファッショの独裁制を打ち樹《た》てたのが大正十一年、スターリンがソ連共産党書記長の地位を獲得したのがやはり大正十一年であること、などを年表で見ると、やはり感慨なきを得ない。

戦争となってからのイタリアのだらしなさはお話にならないものであったが、しかし、ヒトラーに力を与えたのは、ムッソリーニのこのときの成功なのである。ヒトラーが存在しなかったら、第二次大戦は起らなかったろう。そしてスターリンがいなかったら、ソ連は独軍を支え切れなかったろう。

第二次大戦なく、またあったとしても、ドイツが敗れなかったら、日本の運命もよほどちがったはずである。

大正十一年に生まれた子供たちは、同じ年、まったく彼らとは無関係な地平線に、やがて自分たちの生命を左右する黒雲が湧き出していることを、夢にも知らなかったのである。

こうなると、生まれた年に何が起ったか、そんなことは関係ない、などいい切れない。

(9)

敗戦の年に生まれた人が、ことしは三十歳になる。

あの燃えるように暑かった八月十五日が、ほんのこの間のことのような気がするのに、もうそんなになったかと驚くけれど、ある程度の年齢の人間は、いつも、だれもそんな感慨にとらえられるのだろう。

私は、昭和十七年十一月二十五日からの日記があったので、以後敗戦の年に至るまでの分を、さきに「滅失への青春——戦中派虫けら日記」「戦中派不戦日記」という二冊の本にして出してもらった。

昭和十七年——私は満二十歳であった。それ以前の日記はない。どうしてこのときから日記をつけ出したのか、そのきっかけがいまではよくわからず、いろいろとその理由をこじつけて考えていたが、このごろになってはたと気がついた。

それは実に簡単なことで、その年の十一月末、本屋の店頭に新しい日記が売り出されているのを見て、ふとそれを買ってみる気になり、それに日記をつけることをはじめたに過ぎないものと思われる。書き出した日付から、やっと推測出来たのである。つまり店頭に積まれた日記が目立つほど、もう本屋に新しい本がなくなっていた時代なのである。

そして、そのとき買った日記はハードカバーだが、それ以後の日記はハードカバーではない実に粗悪なものになり、ついにはそれすらなくなって、ただワラ半紙をとじたものに書きつづけてゆくことになる。

その日記が、ことしの一月から「青春」と題して、NHKテレビから銀河小説なるものになって放送されたが、一、二回見て、主人公があまり立派そうなので、辟易して、あとはろくに見ずにすんでしまった。

実際はむろんテレビみたいに立派な青春ではなく——よく見ないから、わからないが——立派どころか、最劣等の青春だったのである。

そもそも私は、自分の青春など見てもらうためではなく、日記の性質上、結果的に、天然自然に当時の庶民の生活が描き出されているところがあるので、それを戦争時代の「資料」として本にしてもらう気になったのである。

その「滅失への青春」のあとがきに、私はこんなことを書いている。

「ほんとうのことをいうと、私自身としては、この日記以前の数年のほうがまだよくない状態であったのである。(中略) 以上の時代のほうが、日記として書いていたなら、〝面白かった〟にちがいない。(中略) しかし、その当時、日記はつけなかった。——」

で、それ以前——私の二十歳以前——のことについては、なにしろ記録がないので、漠然たる、あるいはきれぎれの記憶しか残っていない。

——と、思っていたところへ、最近、中学時代の旧友が、そのころの私の手紙を二十通ほど送ってくれた。いずれも原稿にして十枚から数十枚になるだろう長い長い手紙である。そのころ彼は、江田島海軍兵学校の生徒であった。

三十数年前の自分の手紙を読んで、果せるかな私は、懐しいというより、むしろ惨《さん》澹《たん》たる思いにとらえられた。

それはここに公表をはばかるほどの内容のもので、よくまあこんな手紙を海軍兵学校へ送りつけたものだと、自分でも呆れ返った。

送ってくれた友人も書いている。

「江田島の生活は四十数名の協同生活で、それを分隊と称するんだが、自習室と寝室に分れていて、自習室には机が一つあるだけであり、寝室の方にはベッドとチェスト（洋服ダンスと思えばいい）一つきりだ。それをときどき、また定期的に上級生が整理状況を点検する。とてもその中に手紙の束なんか入れておくスペースはなかったように思うんだが、げんに山田以外からも、手紙や激励の文章など、当時のことだ、何々村長とか先輩知友からもらってるはずだ。それが、一つもない。ただ山田からのものだけある。不思議なのは、私が江田島でそれをどうして保管していて、またそれをいつ家に持って帰ったか、ということだ」

実に、本人が不思議に思うほど奇蹟的に、こうまで大事にして江田島から持って帰ってくれた手紙である。

私にとってはありがたききわみというしかないが、とにかく大変な内容のものだし、だいいち、その友人以外のひとに、私などのそんな手紙を紹介してみたってはじまらない。

ただこの中に、開戦前夜の昭和十六年夏ごろの手紙があって、その中に当時の国内の様相が描かれている。私は戦争中のことが極めて深刻な印象を残しているので、当時の記録はたいていい読んだが、昭和十六年ごろのありさまを描いた文章をそれほど読んだおぼえがない。それは新聞雑誌に一切発表されなかったからである。ただ当時の人々の記憶の中だけにあり、それはやがて失われてゆく。

そこで、終戦三十周年記念として、その部分だけをここに紹介して見よう。

封筒には東郷元帥像の青い四銭切手が二枚貼ってあり、そこには十六年七月二十三日の消印が押してある。この手紙は厚いので二枚貼ってあるが、ほかに一枚だけ貼った封筒もあるので、一般に封書の切手代は四銭だったのだろう。

仮名づかいだけは現代のものにした。

＊

「但馬は雨だ。いや、雨というより霧だ。

例年なら灼熱の太陽が苗代田を沸々とわき返らせている所だのに、今年はどう言う気候か、肌寒いほどの霧雨が、連日ねばねばと憂鬱に立ち籠《こ》めている。百姓達の顔は蒼白く沈んでいる。

それにしても今年の冬は、たんぽぽの咲く暖かさであった。春は珍らしく蒙古の果から襲って来た黄塵が朦朧と日本の空を暗くした。夏は——夏はこの通りの冷涼さだ。このぶんで行けば秋にはいつかのような大暴風が凄じい咆吼をあげつつ突撃してくるかも知れぬ。

天変地妖、この東海の君子国に満ちて、更にその上、百万の遠征の軍は五年の戦乱を続けている。（中略）

もしこれが開封でもされたら、防諜の何とか言う法律に引っかかって懲役に行かねばならない。と言うのは、君など江田島の孤島で連日連夜ぶうぶう労働しているから、世の中のことはあまり知らないだろうと思って、一大ニュースを教えてあげる。

それはこの数日来、秘密裡に大動員が開始されていることである。これは山陰地方一帯のみではないらしい。東京の知人で裁判上の用事でこちらに来た人、肺病になって帰って来た大阪の労働者、休暇で帰省した京都の学生たちが、悉《ことごと》く声をひそめて、動員を言う。

しかもそれらが、一度出征した凱旋兵も、四十以上の老年兵も含めて、一村一町内でも駅が一杯になるほどの多人数――と言うより、青年壮年の殆どだ。旗を立てることは出来ぬ。赤襷《あかだすき》をかけることもならぬ。婦人会や楽隊で見送ることも出来ぬ。今日赤紙が来て明日入営など言う迅速さで、三々伍々、夜半逃げるが如く汽車で出てゆく。

この村の如きも、家族のほかに村長だけがそっと送ってるそうだが、村一番の金持たる某が、餞別《せんべつ》をやりたいから出征兵を教えてくれと役場に問い合わせたがはねつけられたと言う噂がある。

とにかく、この全国的秘密裡の大召集である。（中略）

今度の大動員の完成した暁――ここ三ヶ月か二ヶ月か、或は一ヶ月以内か、北進或は南進の驚天動地の決戦が日本の切先《きっさき》に起るだろう。風は楼に満ち、月輪昇らんとして潮は海に鳴っている」（後略）

＊

とにかく十二月八日、突然軍閥が戦争をはじめて、全国民はびっくり仰天した、などいう戦後の記述が嘘っぱちなことはこれでわかる。

それにしても、こんな手紙を――わざわざ「開封されたら懲役だ」といいながら、開封のおそれがよそ以上にある江田島海軍兵学校へ送りつける十九歳の無鉄砲さは何というべきか。

また、ほかの手紙には、

「神の御眼にて見給わば、軍備軍人ほど人類に不用なるものはあらじ。彼らは人を殺し、文明を破壊し、文化発達の一大障碍《しょうがい》たり。人類至高の目的が燦然たる文化の平和ならば、それを破壊する軍人は人類の敵なり」

など、書いている。

むろん、これは神の眼から見たことであって、人間世界には軍備も軍人も必要だ、という論につながるのだが、とにかくこういう一節のある文章を海軍兵学校に送って、よくまあ無事にすんだものだと思う。

＊

こうして始まったあの大戦争だが、まったくあのころは太陽黒点に異常が起って、人類の頭がみんなどうかしていたにちがいない。

日本はその結果大敗戦となったのだが、負けたおかげで日本はじまって以来の豊かな国になったというのが奇々怪々である。いったい何のためのあの死物狂いの戦争であったのか。

しかも日本を負かしたアメリカが、東京裁判でえらそうに裁いたり宣告したりしたくせに、中国における日本とそっくり同じ犯罪と失敗をベトナムで再現し、アジア大陸から完全に追い出されてしまった。

真珠湾以前、日本はアメリカに手を出したわけではなく、ただアメリカから見て、日本がアジアであばれまわるのが気にくわないからといって、アメリカのほうで日本を絞めあげにかかったのだが、そのために援助した中国ソ連のために、ベトナムで、アメリカ史はじまって以来の大恥をかかねばならぬ破目になったとは、アメリカにとって何のための太平洋戦争であったのか。

そのソ連にしても同じことで、グロッキーになった日本の背後から突如棍棒でなぐりつけるような参戦をやって、樺太と千島を奪い取ったのはまあいいとして、結局強大となった中国と不倶戴天の仲となる運命を呼んだとは、トクよりソンしたほうがケタちがいに大きいではないか。その上、日本に「北方領土問題」という陰湿な恨みを残しただけとあっては、ソ連にとっても何のための太平洋戦争の参戦であったのか。

みんな、世にもバカバカしいことをやったものだ。

とはいうけれど、しかし人類はまた戦争をやるのである。

その人類には、むろん日本もはいる。現時点では到底信じられないことのようだが、そして、そのかたちは見当もつかないが、いつの日かまたやるのである。

人類のいかに強く、いかに美しい意志も、太陽黒点にはかなわない。

⑽

「おい、どうしてあのムームー着ないんだ？」

と、この夏、ふと思い出して、私は女房にいった。

「だって、忙がしくって、とてもあんなものを着るチャンスがないわ」

「忙がしいったって、たかがムームーだろう。ハワイのアッパッパみたいなもんだろう。エリザベス女王の晩餐会へ着てゆくわけじゃあるまいし」

「だって。……」

ハワイへ家族旅行をしたのは、去年の春のことである。五泊六日の旅であったが、経済的にも精神的にも、ヨーロッパ旅行ほど大ごとじゃなくて、気がラクで、悪くなかった。

さて、その一日、ホノルルのアラモアナ・ショッピングセンターにいった。

私は買物に興味がないので、ムームーを買うといって店にはいっていった女房と、同行した親戚の娘が出て来るのを、外のベンチで待っていた。

このショッピングセンターの、街路をもふくめて、銀座に持って来ておかしくない——どころか、銀座にもこんな一劃はない、しゃれていて美しい一劃である。

だから、ボンヤリ見ていても飽きないが、それにしても二時間たっても三時間たっても二人が出て来ないのには驚いた。何も何百万円もする宝石を買いにはいったわけではないのである。四時間近くたって、やっと出て来た。なんと、ムームーはまだ買ってないという。私は女たちの買物に対する執念と、思い切りの悪さに呆れ返った。

さて、その翌日、女たちは、やっぱりムームーを買いに、もういちどショッピングセンターにゆくという。そこで私もまたついていって、こんどは自分も店にはいり、たちどころに指定して買わせた。電光石火である。

面倒くさくて、いいかげんに決めたのではない。私は女の着るものなど見立ててやったことはないけれど、純美術的にはこれでも眼があるつもりなのである。

さて、こうまでして——五泊六日の旅行で、とにかく二日をかけて買って来たムームーを、さてその夏、女房が着たのを見たことがない。

実は私も忘れていた。私が忘れていたのは着る当人じゃないからあり得ることとして、ああまでえらぶのに精力を使った女が、ケロリと忘れている。それを、やっと、ふとこの夏思い出したのである。家内のほうは、べつにそのムームーが気にくわないわけではないという。ただ、着るきっかけがないからだという。そして、いまに至っても、私は、女房がそのムームーを着たのを、いちども見たことはない。

女にとって、買物は、その買った品物の使用とは断絶した行為らしい。男から見ると、まったく不可解としかいいようがない。

ついでにいえば、女は事の経過を愉しみ、男は結果を尊ぶ。男は、何の目的もなく、ただ買物にぶらつくなど到底出来ない。——そして買物にかぎらず、すべての行為において、男と女はこの相違を持つ傾向がある。

そこで、女性を論じて——といっても、主として女房を通じての観察だが——わが家の経済に及ぶ気になった。

十年ほど前、やはり家内をつれてヨーロッパ旅行をしたことがある。

そのとき、向うの店にあるさまざまの品物を見て、家内はしきりに、「安い安い」と感嘆した。むろん輸入された同種の品物と比較してのことだ。関税も輸送費もかかっていないその国の品物だから、それだけ安いのはあたりまえの話である。

「こんなに安いのだったら、こっちへ来て買ったほうがトクだわ。これから、チョイチョイ来ようね」

「待ってくれよ」

と私は苦笑した。

「こっちで安いったって、こっちに来るのに飛行機代がかかり、こっちに泊るのにホテル代がかかってるんだぜ、買ったものを持ち運ぶ手数は、小包みにして送れば送ったでその費用、それを考えにいれてくれなくちゃ困る。それらをひっくるめると、決して安くなんかない。日本で輸入品を買ったほうが安くつくかも知れん」

「それはわかってるわよ。ただ品物のことをいってるだけなのよ。安いじゃないの」

「安いったって、飛行機代やホテル代が。……」

「それはわかってるってば。でも、安いじゃないの。……」

二人とも、いつまでも同じことを繰返している。あげくの果てが、

「だから、またチョイチョイ来ようね」

と、いうことになる。いかに論理的に説明してやっても、その論理は女房の印象に決して連結しないのである。私は頭が混乱して、ほんとにチョイチョイこっちに買物に来たほうがトクなような気がして来た。

女性の経済的怪論理の例はまだある。

私の娘が短大にいっていたころ、夏休みのアルバイトに、友達と二人で、町のレストランの皿洗いをやることになった。——

私は多摩丘陵の上に住んでいるが、その麓の町である。そこのレストランへかようのに、彼女は、買ってもらった中古のホンダの小さい車を転がしてゆくのである。車を転がしてゆくのはいいが、そのためレストランに近い駅前の駐車場を借りることになった。その駐車場の借賃がへたすると皿洗いのアルバイト代とおっつかっつになる。

そして、一方では、私の家には、近くの多摩ニュータウンに住むある若い奥さんが、パートで皿洗いや掃除にやって来るのである。

これが、はじめはバスでかよっていたが、いつのころからか、うれしそうに、

「おかげさまで車が買えましたわ！」

と、車を転がしてやって来るようになった！

はじめから娘が、うちの皿洗いを手伝ってくれれば、駐車場の借賃もパート代も要らないのである。そういっても、決してうちの皿洗いはやってくれない。

そして、彼女たちは、生き生きと車を転がして、皿洗いに出かけ、皿洗いにやって来る。私は茫然としてそれを眺めている。

「いったい、みんな何やっとるんじゃ？　これじゃ日本のGNPがいくら上ったといっても信用出来ない」

と、つぶやきながら。……

こう書くと、私のほうがまともで、女たちのほうがおかしいようだが、しかし私や私の家族を知る人々から見ると、私のほうをヘンな人物だと思って、家族のほうをノーマルだと見ているらしいから——それは、アリアリとわかるから——この人間世界は奇々怪々だと嘆息しないわけにはゆかない。

それはそれとして、右の娘がこの春から就職してサラリーをもらうことになった。そこで当人が母親にいっている声を聞くと、

「私こんどからお給料もらうんだけど……今まで通り、やっぱりお小遣いくれる？」

「なにをバカなこといってるの。食費としていくらかでも出すのがあたりまえじゃないの」

と、やられて、さすがに黙りこんでしまったようだ。このあたりは、母親のほうがまともだといわなければならない。当人は、月給は月給として、学生時代ずっともらっていた小遣いがもらえないことになると、何だかソンするような気がするらしい。

しかし、やがて月給をもらい出して見ると、いくら女の子のサラリーでも、いまま

での小遣いよりは多いから、感謝して嬉々として毎日勤め先へ出かけてゆく。さて、そこで、私の前に、右の皿洗い問題のごとく、わけのわからない問題が生じたのである。

娘に小遣いはやらなくてもよくなったわけだから、少くともそれだけ私はモーカることになる計算である。

しかし……である。おそらく来年の税金期になると、私の収入に娘の収入が加算されることになるだろう。

私の収入がもともと大したものでない上に、娘の収入がお小遣いに毛の生えたようなものだから、両者合して驚くべきことになった、というようなことはないのだが、とにかくいまの税制は累進課税である。両者が合すれば、その分だけは税金で高くなる理屈である。へたをすると、娘の得る収入を、ふえた税金のほうが上廻るかも知れない。これじゃ、何のために娘が働くのか、わけがわからない。

……というのは大袈裟だろうが、少くとも私の払う税金は、多くなりこそすれ、へることはないわけで、娘のほうは嬉々としてサラリーを使っているけれど、オヤジたる私はモーカるどころの騒ぎではないことになる。

しかし、そういっても、これはむろん娘の罪ではない。かつまた、そう首をかしげつつも、私もどうすることも出来ない、わけのわからない話である。

さて、一応かかる遠大の慮《おもんぱか》りをなす私も、現実のわが家の財政となると、まったく無能かつ投げやりで、右のごとく頼りない奥方にまかせっぱなしである。

「おい、いったいいいまうちにどれだけ金があるんだ?」

「さあ、いくらだっけ?」

「お前、銀行へゆくたびに貯金通帳を見るだろう」

「ちょっと待って。見てくるわ」

「まあ、いいよ。べつに必要があって聞いたわけじゃない」

こんな問答でケリである。そもそも私は、その貯金通帳をのぞいたことはいっぺんもなく、どれがどこにあるのか知らない始末である。むろん、女房が隠しているわけではない。これを書いている今でも、聞く気になれば聞けるのだが、「まあ、いいや」ということになる。見てタノシクなるしろものではない。

考えて見ると、金のことばかりではない。私は自分の家の風呂の焚き方も知らない。

(風山房は薪だから、これは知っている)先日も、

「お前さんが交通事故で死にでもしたら、その日からオレは風呂にもはいれんな」

と、いったら、

「じゃ、おぼえといて」

と、ガス風呂の焚き口に連れてゆかれた。

「まずここをこうやって……」

聞いていると、三ヶ所ばかりコックをどうかしなくてはならないらしい。

「まあ、いいや」と、これもこうなった。

「そのときは、もうアカだらけになって暮すことにしよう」

覚えるものが風呂だけなら覚える気にもなるが、それ以外、瞬間湯沸器、皿洗い器、電子レンジ、暖房装置、クーラー、電話の切替え装置、ステレオ、録音器、掃除機、炊飯器、洗濯機……と来ると、もう手も萎《な》える。いつのまにやら幾つかになったテレビでさえも、そのつけ方が全部ちがう。もう絶望的である。

それをわが家の愚妻は、さながら宇宙航空士のごとく自在に操るのである。財政もまたつかさどってもらうよりほかはあるまい。勝手にしやがれ。

(11)

よくタクシーの運転手の不愛想さが云々される。ゆくさきをいっても、「はい」とも答えず、タクシー代を払っても、「ありがとう」ともいわない。まるで暗闇の牛に連れていってもらっているようなものだ。

その理由はいろいろあるだろうが、その一つに、甚だ突飛だが、国鉄の影響がありはしないかと私は思う。

先日、城山三郎氏が、名古屋駅の駅員に非人間的ともいえるあしらいを受けて、その怒りを新聞にぶちまけられ、これが問題になったが、同感の人が多いだろう。私ものを聞いても返事もせず、ただあごをしゃくるだけといった駅員の態度は、私も経験したし、たびたび目撃した。こちらは、何デパートのごとく愛嬌をふりまいてくれといっているのではない。ふつうの人間としての応対を期待しているだけなのだが。

――

その理由についても、これまたいろいろあるだろうが、やはりその最も大きなものは、いわゆる親方日の丸の一種の現われ、すなわち虎の威をかる狐の心理だと思われる。

上層部にその雰囲気があるから、その気風がだんだん下に移り、同じ交通機関としての類似から私鉄にも伝染し、はては民間タクシーの運転手までが、そんな態度の真似をするようになったのではないか知らん。

この間の「国鉄《わたくし》は話したい」という国鉄のキャンペーンも、内容はともかく、あの表現の横柄さは、その意識から来ている。下手《したで》に出ている場合じゃない、と考えての表現だろうが、結局もとに戻っての地金が出た、と見るべきだ。

そういう上層部とたたかっているつもりらしい動労ストにも、国民は同じ体臭を嗅ぎつけているから、全然同情がないのである。

それで、役人の横柄さということについて、二、三、思い出したことがある。

＊

だいぶ前の話になるが、税金の申告書を書くのに往生した。ごまかす気なんか毛頭ないが、数字の計算というものが甚だ苦手だからである。私はソロバンも出来ない。

次に述べるような事件があってコリたので、その後は計算の出来る人に頼んでやってもらっているから、このごろは申告書を見たこともないが、とにかく、三十数項目あって、何々を控除し、何々を追加し、それから何％をひき、何％を加え、第十三項目の金額に第二十一項目を足して割る……などいうやつをやって見ると、やるたびに最後の数字がちがって来る。

私は、原爆を最初に発明した連中と、マージャンの発明者と、この税金の計算法を考えた人が、人類始まって以来、いちばん頭のいい人間だと確信している。

とうとう放り出して、税務署にすべての必要書類を持ってゆき、そっちで計算してくれ、といった。

向うは承知して、計算してくれて、これだけの税金になります、というから、それを納めた。

すると、何ヶ月かたってから、あれは計算がまちがっていた。三十何万円か足りないから、その分追加して納めてくれ、という通知が来た。

テメーのほうで計算しておいて何だ、と思ったけれど、まあ税務署といったって人間のやることだ、弘法も筆の誤まりでときにはそんなまちがいもあるだろう、と、ただちにそれを追加して納めた。

すると、それからまた何日かたってから、その追加分の延滞利子として何万円か支払え、といって来た。

そこで、さすがの小生も立腹しましたナ。最初からそっちで正確な金額をいってくれれば、きれいに納税したのである。それを自分のほうで間違えておいて、その尻ぬぐいをしろとは何事であるか、その罰金は計算をまちがえたやつが払え、といってやった。

すると、そんな処理の法は、税務署の前例にないという。——

そこで大ゲンカになりましたナ。

結局、小生は払わなかった。税務署のほうでどう処理したのか、それは知らない。

＊

こちらから見て、役人の怪論理の例はまだある。

十年ほど前、一ト月ばかりヨーロッパ旅行をしたとき、私はあちこちで買った品物や、それまでに撮ったフィルム、また洗濯物など、随時小包みにして日本に送った。たいしたものははいっていないから、航空便ではもったいないので、船便で送り出した。

それは、帰国後、順次到着したが、中で、イタリアから発送した小包みが来ない。旅行したのは八月であったのに、その年のうちにとうとう来ない。

いくら船便にしても長過ぎると思っていたら、翌年の一月になって、中央郵便局から通知が来た。

貴殿がローマから発送した小包みが船の中で盗難に逢い、その残物が到着したが、ほかにも多数の小包みが同様破損状態になっていて、その内容がいり混り、どれがだれの品物かわからない。ついては何日に出頭して、自分の品物を指摘してくれ、というのである。

これはこれはと思いながら、その日に中央郵便局の外国郵便課到着係というところへいってみると、大きな箱に、メチャクチャに品物が放り込んである。どこでこんなことになったか、さっぱりわからないという。

外遊していた某代議士も同様の憂目にあっていて、これは高価なものばかりであったと見えて、三分の二はなくなっていたらしい。小生のは安物で、イタリアの泥棒（かどうかわからないが、それらしい係員の口ぶりであった）も食欲をそそられなかったと見えて、たいていあったようだ。何を小包みにしたのか、もう忘れていたので、そのへんはあいまいである。

とにかく、これとこれとこれは私の品物である、と指し、それが確認された。そこで早速その品物をもらって帰ろうとすると、係員がそれはまかりならんという。これから郵政省監察局とやらの調査があり、それには三ヶ月か半年かかる。お渡し出来るのはそのあとで、きょうは弁別のためだけに来ていただいたのである。

何と哀願しても、制度がそうなっているから、と承知しない。

そのときは、もうあきらめていた品物が何とか到着したことにカンゲキしていたので、茫然として引き取ったが、家に帰るとだんだん癪《しやく》にさわって来た。

こちらは被害者なのである。泥棒したのはイタリア人かも知れないが、外国からの郵便物など、同じ機関として日本の郵便局のほうだって少しは責任を感じていいだろう。それが、一言も申しわけないといわないどころか、そっくり返っていて、被害者のほうが自分の品物をもらうのに、ペコペコしなければならんとは何事であるか。

いや、その品物さえお下げ渡しにならんのである。あと三ヶ月か半年待てといったって、すでに去年の夏に撮ったカラーフィルムなど、一年ちかく放っとかれては、どうなるかわからん。

これは、迷惑の上塗りである。盗難事件そのものより、この事後処理のほうが問題である、と勃然と怒りを発し、中央郵便局に「即刻残物をひき渡さなければ、当方にも覚悟がある。小生は山田風太郎と申すものでアル」と速達を発した。こういうところは小生にもちょっと官僚主義のところがないとはいえないのが、お笑いぐさである。

すると、意外にもたちまちききめがあって、すぐにひき渡す、と返事があった。

私は、忙がしいので代りに女房にとりにやらせた。「何か文句をいやしなかったかね」と聞いたら、「先生にどうぞよろしく」といったということであった。

腹の底で「何をこの野郎」と思っていても、とにかくものを書くやつはウルサイ、とは承知していたらしい。

自分の「規則」だけをふりまわし、強者には弱く、弱者には強いのが、お役人風というものである。

*

しかし、ほんものの役人だけを悪口するわけにはいかない。

厨川白村《くりやがわはくそん》が、「日本人は民衆までが官僚風だ」と喝破したが、たしかに日本人は強者には情けないほど弱く、弱者には滑稽なほど強く、その際限がない。

敗戦直後、進駐軍にやたらにペコついたのはまあいたしかたないとして、向うが何もいわないのに、先を争って全国の忠霊塔をみずからぶち倒したお先っ走りの卑屈さが、強者に弱い好例だ。何か世にたたかれるようなことをやったとき、頭を下げればいっそうたたかれる。居直って、そっくり返っていれば、世の中のほうで黙り込んでしまう例が多いのを見てもわかる。

弱者に強いという例は、無数にあるが——そう、先日、戦争中技師としてフィリピンにいた小松真一という人の「虜人日記」という本を読んだが、それに好例があった。

この日記は、むやみに日本軍の悪口をいって快とする類書とちがって、実に穏当かつ冷静な観察記だが、その中に、山下大将が赴任する前までフィリピン方面軍の司令官をやっていた和知中将のところへ挨拶にいったら、中将がちょうど軍服を着るのに従兵に手伝わせていたところで、股ボタンまではめさせていたという話が書いてあった。

マッカーサーだって、自分の軍服ぐらい自分で着たろう。げんに、捕虜になってからアメリカ軍を観察していると、食事時には佐官級まで、兵士と同様皿を持って行列していたという。日本軍が負けるはずである。

威張り出すと、トメドがないのが日本人である。

テレビで見ていると、議会の答弁に立つ大臣もなかなか大変である。私などから見ると、どうしてあんな苦労を忍んでまで大臣になるのかふしぎなくらいだが、実はあれは議会だけの苦労で、しかも相当に芝居じみたものであって、それ以外は大威張りに相違ない。

選挙で「最後に、最後のお願いにあがりました！」と、血を吐くような連呼をやっているのを聞いて、噴き出したことがあるが、どうしてあんな馬鹿げた苦労をしてまで議員になりたがるのか。

いつか数人の客と話しているとき、その声が聞えて、三分の一は役得、三分の一は威張り欲の満足、三分の一は、それでも天下国家のために尽したい、という気持はあるんだろうな、といったら、さあ、その最後の三分の一はどうかナ、とみんな笑った。

よく考えてみると、その威張り欲の満足というのが、三分の一どころではないかも知れない。

このごろ、むやみやたらに住民エゴの大ばやりで、これも苦々しいことだが、相手も、いい気にさせておくと際限もなく威張りたい連中だから、それでちょうどアイコかも知れない。

⑿

私は碁も将棋も知らない。

それはただ、おぼえるチャンスがなかったからである。

碁については、こんな記憶がある。

小学生のころ、医者をやっている父代りの叔父の医者が、よく村の小学校の校長先生と碁を打っていた。たいてい夜で、それが終ると酒を飲む。するとこの校長先生が、ふだんはむろん校長先生然としている人なのに、酒がはいると別人になって、酒肴を運んで来る女中たちの手を握り——昭和初年のことで、しかも田舎の医者の家であったから、いつも三人くらいはいた——はては、家中追いまわすという酒乱ぶりを発揮しはじめる。

女中たちは逃げまわり、それを追っかけて、あちこちの座敷の襖をあけたてして、追っかけまわす騒ぎとなると、だれかが寝ている小学生の自分を呼びに来る。それで、私が起きて駈け向う。

「こら、どこへいった？　悪いことはせん。悪いことはせんからおいで。こらこら、どこへいった？」

と、泥酔した声を上げながら、襖をあけた老校長は、そのゆくてに小さい小学生の自分がつくねんと立っているのを見ると、じいっと酔眼をすえ、ふいに、

「——や、こりゃどうも」

と、あわてふためき、急に元気を失って、スゴスゴと退却してゆく。

こんな喜劇が、いつも繰返された。そして私は、そのときから、このけしからん校長先生に、憤慨や幻滅さをおぼえるより、あるいたましさ、同情を感じていた。

将棋については、もう二十何年か前、そのころ住んでいたところが将棋の高柳八段の家とわりに近かったこともあり、麻雀などやったことあるのに、ついぞ将棋をおぼ

える気にはならなかった。もっとも、高柳八段も、麻雀だからやったので、将棋なら教えてもくれなかったろうが。——

しかしその縁で、木村名人と升田八段の名人戦を見せてもらったこともある。はじめて将棋名人戦を見た人の観戦記には、いずれも同様に、動かぬ対局者と一個の盤上から発する凄絶な雰囲気に圧倒される感動を伝えているが、将棋を全然知らない私も同じ感銘を受けた。

そういえば、乱歩先生から将棋を教えかけてもらったこともあったっけ。盤を出して来て、二十分だか三十分だか、駒の動かし方をいろいろと伝授され、「どうだ、わかったか」といわれて「全然わかりませんナ」と答えて、それっきりである。

私が碁や将棋をおぼえなかったのは、ただチャンスがなかったからだと思っていた。というのは、普通、人がこれをおぼえるのは、大学生のころか、多くはそれ以後のサラリーマン生活でか、どちらかだろうと思う。しかし私が大学にいたころは、戦争のまッただ中で、とうてい悠長に盤など囲んではいられない時代であったし、そのあとどこに勤めるということもなく、いつのまにか個人作業である作家商売にはいってしまったので、ついにおぼえる機会がなかったのである。

しかし、それにもまして、別の理由があるような気がする。それは私の横着《おうちゃく》であり、ものぐさな性情である。そういう勝負事はそれほどきらいではない性質だと思うのだが、それ以上に、そのゲームのルールをおぼえるのが面倒くさいのである。

考えて見ると、ゴルフもその通りで、いま住んでいるところから車で五分くらいのところにゴルフカントリーがあり、私はそのメンバーになっている。こんなにゴルフ場に近いところに住んでいる人間はめったにありませんよ、と人はいうし、だいいち、だからメンバーになったのだから、私もそのつもりで練習しかけたのだが、とにかくコースに出て、曲りなりにもボールが飛ぶようになるまでには、いくら何でもある期間の練習を要する。のみならず、一応やれるようになっても、絶えずある程度の練習を要する。それが面倒くさくて、せっかくメンバーになりながら、宝の持ち腐れという状態になってしまった。

これほど不精な男が、よくまあ何とか生きて来られたものだと、自分でもふしぎに思う。

＊

さて、それほど横着な私が、麻雀だけは知っている。

それを教えてくれたのは高木彬光氏で、実にその教え方がうまかった。私がおぼえたのは、ひとえにこの高木氏の教え方のうまさのおかげである。

作家には、まかりまちがえば学校の先生になれるタイプと、金輪際なれないタイプがあると思うが、高木氏は前者であり、私は後者だ。ただしこれは、ただ頭の動き方のことだけをいっているのだが――とにかく私は、高木氏が私に教えてくれたように、麻雀を知らない人にうまく教えてやることは出来ない。

どのくらい面倒くさがりやかというと――私を教えた高木氏はその後麻雀をやっているとは思えないが――私のほうは、爾来二十余年、何とかの一つおぼえのように、何千チャン？　やったか知れないほどやっているのに、いまだに点の数え方を知らない始末である。麻雀のやり方を知っていても、点の数え方を知っている人が一人もいなければ、麻雀はやれない。だから、この点でも、私は人に麻雀を教えることが出来ないのである。

二十何年やっていて、ちっともうまくならないのは、まだこの点の数え方もおぼえないというういいかげんな性情とつながりがあると思うけれど、とにかくやるときは当人は熱心なつもりでやっている。――

ところで、こんな随筆を書く気になったのは、ふと以下のような啄木の替歌を書いた紙きれが出て来たからである。
「一握の牌」と題してある。

＊

麻雀の卓にむかひて
いふことなし
麻雀の卓はありがたきかな

かぎりなく麻雀欲にもゆる眼を
妻よろこべり
創作欲かと

真剣になりて牌もて卓を打つ
男の顔を
よしと思へり

うつとりと
満貫の手に眺めいり
煙草の煙吹きかけて見る

運命の来て乗れるかと
うたがひぬ
大三元のてんぱいのとき

ふと深き怖れを覚え
じつとして
やがて静かに牌をまさぐる

世におこなひ難き事のみ考へる
われの頭よ
けふも然るか

むやむやと
口の中にてたふとげの事を呟く
てんぱいの男

何もかもいやになりゆく
この気持よ
手を眺めては煙草を吸ふなり

男と生まれ男と交り
負けており
かるがゆえにや秋が身にしむ

つもり来れど
つもり来れどなほわが手楽にならざり
じつと手を見る

眼の前の要らぬ牌など
かりかりと嚙みてみたくなりぬ
もどかしきかな

泣くがごと首ふるはせて
手の牌を見せよといひし
男もありき

頰につたふ
なみだのごはず
一握の牌を示しし人を忘れず

いと暗き
穴に心を吸はれゆくごとく思ひて
満貫を打つ

くだらなき手にてあがりてよろこべる
男あはれなり
初秋の風

石ひとつ
坂をくだるがごとくにも
我この惨敗に到り着きたる

人がみな
同じほんいちを狙ひおる
それを横より見ている心

何すれば
ここに我ありや
時にかくうち驚きて卓を眺むる

夜あけまであそびて暮す
場所にありて家をおもへば
心冷たし

ここちよい疲れなるかな
息もつかず
麻雀をしたる後のこの疲れ

人がみな罪を持つてふ悲しみよ
墓に入るごとく
帰りて眠る

わが為さむこと世につきて
ながき日を
かくしもあはれ麻雀をするか

＊

こんなものをいつ作ったのか。——そうだ、思い出した。

十何年か前だ。私は自分の作ったこの替歌は、必ずやみなを感動させるにちがいないと信じて、この歌を大巻紙に書きつらねて、麻雀をやる部屋の四面の壁に貼りめぐらしたのであった。

やって来た連中は、ちらっと見て、それからもう、一刻ももどかしいという例の眼つきで麻雀の卓に向った。そして朝になると、歌の鑑賞などする余力を消磨しつくして、夢遊病者のごとくフラフラと去っていった。

だからこの傑作は、いままで空しく眠っていたのである。

編者解説

日下三蔵

山田風太郎の〈未刊行エッセイ集〉シリーズ第四巻（単行本での刊行順）は、「旅」「食べ物」「読書」をテーマにした文章に、連載エッセイ「風山房風呂焚き唄」を加えて構成した。

山田風太郎は六五年の八月に初めて海外を旅している。ヨーロッパへのツアー旅行に参加したのだが、同行した盟友・高木彬光は、その時の様子をこう記している。

「おそらく信じられないだろうがホテルの鍵は一人では開けられない。パスポートや注射の証明書も体のどこかで行方不明となって私の寿命を縮めさせた」（「鬼才に望む」）

この旅行については、高木による抱腹絶倒の長篇ルポ『ぼくのヨーロッパ飛びある記　忍法・山田風太郎さんと二人三脚で』（66年4月／日本文華社）に詳しい。高木ファンにとっても山田ファンにとっても興味の尽きない一冊で、現在は出版芸術社から出た『風さん、高木さんの痛快ヨーロッパ紀行』（二〇一一年七月）に収録されている。本書収録の諸篇や、既刊『わが推理小説零年』所収の「推理交響楽の源流」などと併せて、ぜひ手に取っていただきたい。

なお、六八年には再びヨーロッパ、七五年にはハワイ、八三年にはイギリスを訪れており、本書の第一部には、それぞれについて触れたエッセイも収めた。

各篇の初出は、以下のとおり。

Ⅰ　のんき旅

途中下車無用　「あじくりげ」57年12月号
山中の花　「ヤングレディーズ」61年9月号
高士の旅　「ミステリー」62年6月号
のんき旅　「ミステリー」62年9月号
ぶらぶら旅　「温泉」63年1月号
湯ノ小屋　「温泉」64年3月号

夏なお寒い湯ノ小屋　「婦人生活」64年8月号
飛行機で追いかけた忍法超特急　「旅」64年11月号
木曾路　「週刊朝日」65年2月4日号
北海道二度の旅　「フロンティア（16号）」72年3月
駅弁と宿屋　「小説推理」73年3月号
南紀の旅　「カードニュース」73年11月1日号
ヨーロッパの商店街　「ちば」65年11月号
ちょっと困ったこと　「日本推理作家協会会報」66年12月号
パリの日本料理店　「あじくりげ」66年12月号
イタリアびと　「レコード芸術」67年7月号
私の海外旅行　「報知新聞」69年1月7日付
ミュンヘンのビアホール　「報知クラブ」69年11月号
斜塔と夕日とワイン　「パスポート」75年7月号
不可解なり、あのビールあのスープ　「パスポート」75年8月号
優雅なる野趣・カウアイ島　「パスポート」75年9月号
T・K・K　「オール讀物」84年1月号

ドーヴァー海峡　「グッディ」85年6月号
帰去来・蓼科　「仙境」68年5月号
晩秋・無人の富士山麓　「旅」85年3月号
蓼科生活　「旅」86年5月号
ナンバンが来た　「室内」86年12月号

II　食はおそうざいにあり

オキュート　「博多ばってん34号」64年8月
ひとり酒　「小説現代」68年5月号
ばんめし　「食食食（あさひるばん）」84年冬号
食はおそうざいにあり　「+45」85年1月号
うどん東西　「ニューひょうご」85年2月号
一汁一菜　「現代」88年9月号（「食い物酔談」改題）
料理の天和　「四季の味」90年秋号
そばとうどんに猫と犬　「うえの」94年1月号
辛い大根　「小説現代」94年2月号

Ⅲ　読書ノート

挫折した人間としてとらえる　「週刊文春」62年12月9日号
人生の本——漱石書簡集　「週刊文春」67年10月9日号
書店的書斎の夢　「日販通信」76年12月号
『幻景の明治』（前田愛）　「朝日ジャーナル」78年12月8日号
『はみ出した殺人者』（石田郁夫）　「朝日ジャーナル」79年10月5日号
横着な読書　「朝日新聞」84年9月30日付
私の本の買い方　「アテナ・スポット（5号）」84年11月
『世阿弥』（責任編集・山崎正和）　「文學界」86年1月号
『露伴随筆』（幸田露伴）　「文學界」86年2月号
『活動写真がやってきた』（田中純一郎）　「文學界」86年3月号
読書日記　「中央公論」89年4月号
高浜虚子『俳句はかく解しかく味う』　「週刊読売」90年8月5日号
私の愛読書　「サンサーラ」93年7月号（「天真流露・天衣無縫の魅力」改題）
短篇小説ベスト3　「リテレール（7号）」93年12月

全体を四部に分けて配列した。第一部「のんき旅」には、前述のとおり旅についてのエッセイを収めた。発表順に配置すると国内の話と海外の話が混在して読みにくいので、海外旅行についてのエッセイは途中にまとめた。そのため時系列が前後している場合があるが、ご了承いただきたい。「木曾路」は掲載誌の連載企画「新日本名所案内」の第58回。本文中の引用部分は必ずしも原文通りでない箇所もあるが、引用者の意図を尊重してそのままとした。「ヨーロッパの商店街」の掲載誌「ちば」は千葉市商店街のPR誌、「帰去来・蓼科」の掲載誌「仙境」はグランドロッジ仙境のPR誌である。

第二部「食はおそうざいにあり」は、食べ物をテーマにしたエッセイのパートである。「ひとり酒」は掲載誌のテーマ・エッセイ「酒中日記」の一篇。

第三部「読書ノート」には、書評や本についてのエッセイをまとめてみた。『世阿弥』以下の三篇は、「文學界」の書評ページ「読書ノート」に書かれたもの。本パートの表題は、このコーナー名から採った。

第四部「風山房風呂焚き唄」は、「小説推理」に一年間連載されたエッセイ。七〇年に発表された同タイトルの単発エッセイ（『風眼抄』所収）とは内容が異なる。掲載誌が推理小説専門誌だけあって、同誌に寄稿しているミステリ作家の名前が説明なしに出てくる箇所（第二回と第三回）があるが、それぞれ高木彬光、松本清張、佐野洋、結城昌治のことである。「小説推理」では、高木の長篇『邪馬台国の秘密』（73年12月／カッパ・ノベルス）をめぐって、松本との間で「邪馬台国論争」が繰り広げられた。

佐野洋は七三年から同誌にミステリ時評「推理日記」を連載しており、山田風太郎が言及しているのも、このエッセイのこと。スタートから三十五年が経過した二〇〇八年現在まで、一度も休載することなく続く名物連載となっている（文庫版補注：二〇一二年連載終了）。

本書に収録したエッセイは、長年にわたって様々な雑誌に発表されたもので、現在では好ましくないとされる用語や表現が用いられているものもある。しかし作者に差別的な意図がないことは明白であるため、特に改変はせずに収録したことをご了承いただきたい。

本シリーズの編集に当たって多大なご協力をいただいた啓子夫人、ストラングル成田氏のサイト「密室系」（http://www2s.biglobe.ne.jp/~s-narita/new/index.htm）の掲示板に詳細な情報を寄せてくださった熱心な風太郎マニアの皆さん、企画を推進して煩瑣な編集作業を一手に引き受けてくださった筑摩書房の金井ゆり子さん、そして五冊にわたるシリーズを支持してくださった読者の方々に、改めて深く感謝いたします。ありがとうございました。

本書のなかには今日の人権感覚に照らして不適切と思われる語句がありますが、差別を意図して用いているのではなく、また時代背景や作品の価値、作者が故人であることなどを考え、原文通りとしました。

本書は二〇〇八年十二月、筑摩書房より刊行された。

秀吉はいつ知ったか　山田風太郎

中国大返しに潜む秀吉の情報網と権謀を推理する「秀吉はいつ知ったか」他「歴史」をテーマにした文章を中心に選んだ奇想の裏側が窺えるエッセイ集。

昭和前期の青春　山田風太郎

名著『戦中派不戦日記』の著者が、その生い立ちと青春を時代背景と共につづる。「太平洋戦争私観」「私と昭和」等、著者の原点がわかるエッセイ集。

わが推理小説零年　山田風太郎

稀代の作家誕生のきっかけは推理小説だった。江戸川乱歩、横溝正史、高木彬光らとの交流、執筆裏話等から浮かび上がる「物語の魔術師」の素顔。

人間万事嘘ばっかり　山田風太郎

時は移れど人間の本質は変わらない。世相からマージャン・酒・煙草、風山房での日記までを1冊に収める。単行本生前未収録エッセイの文庫化第4弾。

戦中派虫けら日記　山田風太郎

〈嘘はつくまい。嘘の日記は無意味である〉。戦時下、明日の希望もなく、心身ともに飢餓状態にあった若き風太郎の心の叫び。（久世光彦）

同日同刻　山田風太郎

太平洋戦争中、人々は何を考えどう行動していたのか。敵味方の指導者、軍人、兵士、民衆の姿を膨大な資料を基に再現。（高井有一）

旅人　国定龍次（上）　山田風太郎

ひょんなことから父親が国定忠治だと知った龍次は、渡世人修行に出る。新門辰五郎、黒駒の勝蔵らに仁義を切るが……。形見の長脇差がキラリとひかる。

旅人　国定龍次（下）　山田風太郎

「ええじゃないか」の歌と共に、相楽総三、西郷隆盛、岩倉具視らの倒幕の戦いは進み、翻弄される龍次。侠客から見た幕末維新の群像。（縄田一男）

修羅維新牢　山田風太郎

薩摩兵が暗殺されたら、一人につき、罪なき江戸の旗本十人を斬る！　明治元年、江戸。官軍の復讐の餌食となった侍たちの運命。（中島河太郎）

魔群の通過　山田風太郎

幕末、内戦の末に賊軍の汚名を着せられた水戸天狗党の戦い。その悲劇的顚末を全篇一人称の語りで描いた傑作長篇小説。（中島河太郎）

山田風太郎明治小説全集1 警視庁草紙（上） 山田風太郎

新生警視庁と、消えゆく奉行所の面々の知恵くらべ。川路利良、駒井相模守、大久保利通、三遊亭円朝らを巻き込んで奇怪な事件は、謎を生む。

山田風太郎明治小説全集2 警視庁草紙（下） 山田風太郎

近代化を押し進める川路、影の御隠居駒井相模守。明暗を分ける時代の流れ。華やかな明治の舞台裏に流れる去りゆく者たちの悲哀。（和田忠彦）

山田風太郎明治小説全集3 幻燈辻馬車（上） 山田風太郎

隣に孫娘を乗せ、辻馬車を操る干兵衛が不意に姿を表わすとき、何かが起こる。薩長の大物、自由党の壮士、川上音次郎、そして二人の幽霊が……。

山田風太郎明治小説全集4 幻燈辻馬車（下） 山田風太郎

先のない壮士の運命。自由党の活動に深入りしていく干兵衛と暗躍する三島通庸。虚実入り乱れる異次元の歴史。他に短篇三作併収。（鹿島茂）

山田風太郎明治小説全集5 地の果ての獄（上） 山田風太郎

明治半ば、看守として北海道・樺戸集治監に赴任した有馬四郎助を待っていたのは？ 凶悪犯と政治犯、次々と起こる奇怪な事件。謎が謎を生む。

山田風太郎明治小説全集6 地の果ての獄（下） 山田風太郎

教誨師原胤昭、幸田露伴、秩父困民党・加波山事件などの残党、独休庵らがクロスして描き出される明治の暗部。短篇五作併収。（縄田一男）

山田風太郎明治小説全集7 明治断頭台 山田風太郎

役人の汚職を調べ糾弾する太政官弾正台の大巡察香月経四郎と川路利良。二人は新政府の黒い霧を暴きギロチンで処刑するが……。（日下三蔵）

山田風太郎明治小説全集8 エドの舞踏会 山田風太郎

混血児を生む妻、夫の前で馬丁と姦通しようとする妻……。森有礼、黒田清隆、井上馨ら高官の家庭の内情と妻たちの数奇な運命。（田中優子）

山田風太郎明治小説全集9 明治波濤歌（上） 山田風太郎

自由民権運動に燃える北村透谷らの若き日々（風の中の蝶）、美登利を人買いから救出しようとする一葉と涙香（からゆき草紙）など三篇収録。

山田風太郎明治小説全集10 明治波濤歌（下） 山田風太郎

パリ視察中の川路らを巻き込んだ元芸者殺人事件（巴里に雪のふるごとく）、貞奴に恋をした野口英世（横浜オッペケペ）など三篇収録。（関川夏央）

山田風太郎明治小説全集11　ラスプーチンが来た　山田風太郎

怪男児明石元二郎と、大津事件を画策（?）した妖僧ラスプーチンの対決。二葉亭四迷、チェホフまで巻き込む驚くべき事件。（津野海太郎）

山田風太郎明治小説全集12　明治バベルの塔　山田風太郎

万朝報の売上を伸ばすため、涙香の考えたクイズとは？　表題作他三篇の短篇集と暗黒の巨魁星亨を描いた「明治暗黒星」を収める。（橋本治）

山田風太郎明治小説全集13　明治十手架（上）　山田風太郎

石川牢獄島で見た光景はまさに地獄絵だった。美しき姉妹の助けで、〝出獄人保護〟の仕事をはじめた原胤昭の前に残酷非情の看守と巡査が……。

山田風太郎明治小説全集14　明治十手架（下）　山田風太郎

折れて十字になった十手をかざして熱血漢胤昭は悪に挑むが、捕われ牢獄島へ……。「明治かげろう俥」「黄色い下宿人」併収。（清水義範）

60年代日本SFベスト集成　筒井康隆編

「日本SF初期傑作集」とでも副題をつけるべき作品集である（編者）。二十世紀日本文学のひとつの里程標となる歴史的アンソロジー。（大森望）

70年代日本SFベスト集成1　筒井康隆編

日本SFの黄金期の傑作を、同時代にセレクトした記念碑的アンソロジー。SFに留まらず「文学の新しい可能性」を切り開いた作品群。（荒巻義雄）

70年代日本SFベスト集成2　筒井康隆編

星新一、小松左京の巨匠から、編者の「おれに関する噂」、松本零士のセクシー美女登場作まで、長篇なみの濃さをもった傑作群が並ぶ。（山田正紀）

70年代日本SFベスト集成3　筒井康隆編

「日本SFの滲透と拡散が始まった年」である1973年の傑作群。デビュー間もない諸星大二郎の「不安の立像」など名品が並ぶ。（佐々木敦）

70年代日本SFベスト集成4　筒井康隆編

「1970年代の日本SF史としての意味も持たせたいというのが編者の念願である」――同人誌投稿作から巨匠までを揃えるシリーズ第4弾。（堀晃）

70年代日本SFベスト集成5　筒井康隆編

最前線の作家であり希代のアンソロジスト筒井康隆が日本SFの凄さを凝縮して示したシリーズ最終巻。全巻読めばあの時代が追体験できる。（豊田有恒）

異形の白昼　筒井康隆編

様々な種類の「恐怖」を小説ならではの技巧で追求した戦慄すべき名篇たちを収める。わが国のアンソロジー文学史に画期をなす一冊。（東雅夫）

名短篇、ここにあり　北村薫／宮部みゆき編

読み巧者の二人の議論沸騰し、選びぬかれたお薦め小説12篇。となりの宇宙人／冷たい仕事／隠し芸の男／少女架刑／あしたの夕刊／網／誤訳ほか。

名短篇、さらにあり　北村薫／宮部みゆき編

小説って、やっぱり面白い。人間の愚かさ、不気味さ、人情が詰まった奇妙な12篇。華燭／骨／雲の小径／押入の中の鏡花先生／不動図／鬼火／家霊ほか。

とっておき名短篇　北村薫／宮部みゆき編

「しかし、よく書いたよね、こんなものを……」北村薫を唸らせた、とっておきの名短篇。愛の暴走族／運命の恋人／絢爛の椅子／悪魔／異形ほか。

名短篇ほりだしもの　北村薫／宮部みゆき編

「過呼吸になりそうなほど怖かった！」宮部みゆきを震わせた、ほりだしものの名短篇。だめに向かって／三人のウルトラマダム／少年／穴の底ほか。

謎の部屋　北村薫編

不可思議な異世界へ誘う作品から本格ミステリまで、「豚の島の女王」「猫じゃ猫じゃ」「小鳥の歌声」など17篇。宮部みゆき氏との対談付。

こわい部屋　北村薫編

思わず叫び出したくなる恐怖から、鳥肌のたつ恐怖まで。「七階」「ナツメグの味」「夏と花火と私の死体」など18篇。宮部みゆき氏との対談付。

読まずにいられぬ名短篇　北村薫／宮部みゆき編

松本清張のミステリを倉本聰が時代劇に!? あの作家の知られざる逸品からオチの読めない怪作まで厳選の18作。北村・宮部の解説対談付き。

教えたくなる名短篇　北村薫／宮部みゆき編

宮部みゆきを驚嘆させた、時代に埋もれた名作家・長谷川修の世界とは？　人生の悲喜こもごもが詰まった珠玉の13作。北村・宮部の解説対談付き。

巨匠たちの想像力〔戦時体制〕
あしたは戦争　企画協力・日本SF作家クラブ

小松左京、星新一、手塚治虫…、昭和のSF作家たちが描いた未来社会。民族紛争・管理社会など、私たちへの警告があった！（斎藤美奈子）

巨匠たちの想像力〔文明崩壊〕
たそがれゆく未来
企画協力・日本SF作家クラブ
小松左京「カマガサキ二〇一三年」、水木しげる「宇宙虫」、安部公房「鉛の卵」、倉橋由美子「合成美女」、筒井康隆「下の世界」ほか14作品。（盛田隆二）

巨匠たちの想像力〔管理社会〕
暴走する正義
企画協力・日本SF作家クラブ
星新一「処刑」、小松左京「戦争はなかった」、水木しげる「こどもの国」、安部公房「闖入者」、筒井康隆「公共伏魔殿」ほか九作品を収録。（真山仁）

読んで、「半七」！
岡本綺堂
北村薫／宮部みゆき編
半七捕物帳には目がない二人の選んだ傑作23篇を二分冊で。「半七」のおいしいところをぎゅぎゅっと凝縮！　お文の魂／石燈籠／勘平の死／ほか。

せどり男爵数奇譚
梶山季之
せどり＝掘り出し物の古書を安く買って高く転売することを業とすること。古書の世界に魅入られた人々を描く傑作ミステリー。（永江朗）

青空娘
源氏鶏太
主人公の少女、有子が不遇な境遇から幾多の困難にぶつかりながらも健気にそれを乗り越え希望を手にする日本版シンデレラ・ストーリー。（山内マリコ）

落穂拾い・犬の生活
小山清
明治の匂いの残る浅草に育ち、純粋無比の作品を遺して短い生涯を終えた小山清。いまなお新しい、清らかな祈りのような作品集。（三上延）

小説 **永井荷風**
小島政二郎
荷風を熱愛し、「十のうち九までは礼讃の誠を連ねた中に、ホンの一つ」批判を加えたことで終生の恨みをかってしまった作家の傑作評伝。（加藤典洋）

コーヒーと恋愛
獅子文六
恋愛は甘くてほろ苦い。とある男女が巻き起こす恋模様をコミカルに描く昭和の傑作が、現代の「東京」によみがえる。（曽我部恵一）

てんやわんや
獅子文六
戦後のどさくさに慌てふためくお人好し犬丸順吉は社長の特命で四国へ身を隠すが、そこは想像もつかない楽園だった。しかしそこは……。（平松洋子）

娘と私
獅子文六
文豪、獅子文六が作家としても人間としても激動の時間を過ごした昭和初期から戦後、愛娘の成長とともに自身の半生を描いた亡き妻に捧げる自伝小説。

七時間半　獅子文六

東京―大阪間が七時間半かかっていた昭和30年代、特急「ちどり」を舞台に乗務員とお客たちのドタバタ劇を描く隠れた名作が遂に甦る。（千野帽子）

悦ちゃん　獅子文六

ちょっぴりおませな女の子、悦ちゃんがのんびり屋の父親の再婚話をめぐって東京中を奔走するユーモアと愛情に満ちた物語。初期の代表作。（窪美澄）

自由学校　獅子文六

しっかり者の妻とぐうたら亭主に起こる夫婦喧嘩をきっかけに、戦後の新しい価値観をコミカルかつ鋭い感性と痛烈な風刺で描いた代表作。（戌井昭人）

昭和史探索（全6巻）　半藤一利編著

名著『昭和史』の著者が第一級の史料を厳選、抜粋。時々の情勢や空気を一年ごとに分析し、書き下ろしの解説を付す。《昭和》を深く探る待望のシリーズ。

昭和史探索1　半藤一利編著

「大正」の重い遺産を負いつつ、昭和天皇は即位する。金融恐慌、東方会議（昭和二年）、張作霖爆殺事件（三年）、濱口雄幸内閣の船出（四年）まで。

昭和史探索2　半藤一利編著

ロンドン海軍軍縮条約、統帥権干犯問題、五・一五事件、満州国建国、国際連盟の脱退など、戦争への道すじが顕わになる昭和五年から八年を探索する。

昭和史探索3　半藤一利編著

通称「陸パン」と呼ばれる「陸軍パンフレット」の波紋、天皇機関説問題、そして二・二六事件――昭和九年から十一年は、まさに激動の年月であった。

昭和史探索4　半藤一利編著

「腹切り問答」による広田内閣総辞職、国家総動員法の成立、ノモンハン事件など戦線拡大……。昭和十二年から十四年は、戦時体制の確立期と言えよう。

昭和史探索5　半藤一利編著

天皇の憂慮も空しく三国同盟が締結され、必死の和平工作も功を奏さず、遂に「真珠湾の日」を迎えることとなった。昭和十五―十六年を詳細に追究する。

昭和史探索6　半藤一利編著

運命を分けたミッドウエーの海戦、ガダルカナルの激闘、レイテ島、沖縄戦……戦闘記録を中心に太平洋戦争の実態を探索するシリーズ完結篇。

昭和史残日録 1926—45　半藤一利

昭和天皇即位から敗戦まで……激動の歴史の中で飛び出した名言・珍言。その背景のエピソードと記憶すべき日付を集大成した日めくり昭和史。

昭和史残日録 戦後篇　半藤一利

昭和史の記憶に残すべき日々を記録した好評のシリーズ、戦後篇。天皇のマッカーサー訪問からベトナム戦争終結までを詳細に追う。

それからの海舟　半藤一利

江戸城明け渡しの大仕事以後も旧幕臣の生活を支え、徳川家の名誉回復を果たすため新旧相撃つ明治を生き抜いた勝海舟の後半生。（阿川弘之）

荷風さんの昭和　半藤一利

破滅へと向かう昭和前期。永井荷風は驚くべき適確さで世間の不穏な風を読み取っていた。時代風景の中に文豪の日常を描出した傑作。（吉野俊彦）

占領下日本（上）　半藤一利／竹内修司／保阪正康／松本健一

1945年からの7年間日本は「占領下」にあった。この時代を問うことは戦後日本を問いなおすことである。天皇からストリップまでを語り尽くす。

占領下日本（下）　半藤一利／竹内修司／保阪正康／松本健一

日本の「占領」政策では膨大な関係者の思惑が錯綜し揺れ動く環境の中で、様々なあり方が模索された。昭和史を多様な観点と仮説から再検証する。

荷風さんの戦後　半藤一利

戦後日本という時代に背を向けながらも、自身の生活を記録し続けた永井荷風。その孤高の姿を愛情溢れる筆致で描く傑作評伝。（川本三郎）

幕末維新のこと　司馬遼太郎　関川夏央編

「幕末」について司馬さんが考えて、書いて、語ったことの真髄を一冊に。小説以外の文章・対談・講演から、激動の時代をとらえた19篇を収録。

明治国家のこと　司馬遼太郎　関川夏央編

司馬さんにとって「明治国家」とは何だったのか。西郷と大久保の対立から日露戦争まで、明治の日本人への愛情と鋭い批評眼が交差する18篇を収録。

南の島に雪が降る　加東大介

召集された俳優加東はニューギニアで死の淵をさまよう兵士たちを鼓舞するための劇団づくりを命じられる。感動の記録文学。（保阪正康・加藤晴之）

「下り坂」繁盛記 嵐山光三郎

人の一生は、「下り坂」をどう楽しむかにかかっている。真の喜びや快感は「下り坂」にあるのだ。あちこちにガタがきても、愉快な毎日が待っている。

素湯《さゆ》のような話 岩本素白 早川茉莉編

暇さえあれば独り街を歩く、路地裏に入り思わぬ発見をする。自然を愛でる心や物を見る姿勢は静謐な文章となり心に響く。（伴悦／山本精一）

書斎のポ・ト・フ 開高健／谷沢永一／向井敏

博覧強記の幼馴染三人が、庖丁さばきも鮮やかに古今東西の文学を料理しつくす。談論風発・快刀乱麻の驚きの文学鼎談。（山崎正和）

人とこの世界 開高健

開高健が、自ら選んだ強烈な個性の持ち主たちと相対する。対話や作品論、人物描写を混和して描き出した「文章による肖像画集」。（佐野眞一）

寺島町奇譚（全） 滝田ゆう

電気ブランを売るバー、銀ながしのおにいさん……戦前から戦中への時代を背景に、玉の井遊廓界隈の日常を少年キヨシの目で綴る。（吉行淳之介）

滝田ゆう落語劇場（全） 滝田ゆう

下町風俗を描いてピカ一の滝田ゆうが意欲満々取り組んだ古典落語の世界。作品はおなじみ「富久」「芝浜」「死神」「青菜」「付け馬」など三十席収録。

責任 ラバウルの将軍今村均 角田房子

ラバウルの軍司令官・今村均。軍部内の複雑な関係、戦地、そして戦犯としての服役。戦争の時代を生きた人間の苦悩を描き出す。（保阪正康）

一死、大罪を謝す 陸軍大臣阿南惟幾 角田房子

日本敗戦の八月一五日、自決を遂げた時の陸軍大臣。本土決戦を叫ぶ陸軍をまとめ、戦争終結に至るまでの息詰まるドラマと、軍人の姿を描く。（澤地久枝）

笑う子規 正岡子規＋天野祐吉＋南伸坊

「弘法は何と書きしぞ筆始」「猫老て鼠もとらず置火燵」。天野さんのユニークなコメント、南さんの豪快な絵を添えて贈る愉快な子規句集。（関川夏央）

誘拐 本田靖春

戦後最大の誘拐事件。残された被害者家族の絶望、犯人を生んだ貧困、刑事達の執念を描くノンフィクションの金字塔！（佐野眞一）

疵 本田靖春

戦後の渋谷を制覇したインテリヤクザ安藤組の大幹部、力道山よりも喧嘩が強いといわれた男……。伝説に彩られた男の実像を追う。（野村進）

東條英機と天皇の時代 保阪正康

日本の現代史上、避けて通ることのできない存在である東條英機。軍人から戦争指導者へ、そして極東裁判に至る生涯を通して、昭和期日本の実像に迫る。

数学に魅せられた明治人の生涯 保阪正康

数学の才能に富んだ一庶民が日清・日露、太平洋戦争と激動の時代を懸命に生き抜く姿を通して、近代日本の哀歓と功罪を描くノンフィクション・ノベル。

ちろりん村顚末記 広岡敬一

トルコ風呂と呼ばれていた特殊浴場を描く伝説のノンフィクション。働く男女の素顔と人生、営業システム、歴史などを記した貴重な記録。（本橋信宏）

木の教え 塩野米松

かつて日本人は木と共に生き、木に学んだ教訓を受け継いできた。効率主義に囚われた現代にこそ生かしたい「木の教え」を紹介。（丹羽宇一郎）

手業に学べ 心 塩野米松

失われゆく手仕事の思想を体現する、伝統職人の聞き書き。「心」は斑鳩の里の宮大工、秋田のアケビ蔓細工師など17の職人が登場、仕事を語る。

手業に学べ 技 塩野米松

伝統職人たちの言葉を刻みつけた、渾身の聞き書き。「技」は岡山の船大工、福島の野鍛冶、東京の檜皮葺き職人など13の職人が自らの仕事を語る。

春画のからくり 田中優子

春画では、女性の裸だけが描かれることはなく、男女の絡みが描かれる。男女が共に楽しんだであろう性表現に凝らされた趣向とは。図版多数。

江戸百夢 田中優子

世界の都市を含みこむ「るつぼ」江戸の百の図像（手拭いから彫刻まで）を縦横無尽に読み解く。平成12年度芸術選奨文部科学大臣賞、サントリー学芸賞受賞。

張形と江戸女 田中優子

江戸時代、張形は女たち自身が選び、楽しむものだった。江戸の大らかな性を春画から読み解く。図版追加。カラー口絵4頁。（白倉敬彦）

ちくま文庫

風山房《ふうざんぼう》風呂《ふろ》焚《た》き唄《うた》

二〇一六年八月十日　第一刷発行

著者　山田風太郎（やまだ・ふうたろう）

発行者　山野浩一

発行所　株式会社　筑摩書房
東京都台東区蔵前二―五―三　〒一一一―八七五五
振替〇〇一六〇―八―四一二三

装幀者　安野光雅

印刷所　株式会社精興社

製本所　加藤製本株式会社

乱丁・落丁本の場合は、左記宛にご送付下さい。
送料小社負担でお取り替えいたします。
ご注文・お問い合わせも左記へお願いします。
筑摩書房サービスセンター
埼玉県さいたま市北区櫛引町二―六〇四　〒三三一―八五〇七
電話番号　〇四八―六五一―〇〇五三

ISBN978-4-480-43378-7 C0195